Die Leiden des alten Sozi

Für meine Kinder, Großkinder und für alle anderen Verwandten (Astrid Apfelmann)

ASTRID APFELMANN

Die Leiden des alten Sozi

FSC
www.fsc.org
MIX
Papier aus ver-
antwortungsvollen
Quellen
Paper from
responsible sources
FSC® C105338

Bibliografische Information der Deutschen Nationalbibliothek
Die Deutsche Nationalbibliothek verzeichnet diese Publikation
in der Deutschen Nationalbibliografie; detaillierte bibliografische
Daten sind im Internet über http://dnb.d-nb.de abrufbar.

Satz, Umschlagdesign, Herstellung und Verlag:
BoD – Books on Demand, Norderstedt

ISBN 978-3-7526-7657-0

Vorwort, Dezember 2017

Mein Name auf dem Einband – ein Pseudonym, der Ort meiner eigenen Geschichte – irgendwo in Niedersachsen.

Ich bin mittlerweile eine »in die Jahre« gekommene Frau von über 70 Jahren. Wie so vielen anderen Mitmenschen in meinem Alter gehen auch mir die Erinnerungen aus meinen jungen Jahren nicht mehr aus dem Kopf. Irgendwann fügten sie sich wie Perlen an einer Kette zusammen und ich verspürte den unausweichlichen, inneren Zwang, alles aufzuschreiben.

Der Alltag am Ende der 50er, Anfang der 60er Jahre verlief in den meisten Familien sehr einseitig, die Eltern erwarteten von uns nichts weiter als Gehorsam, sie wollten nicht mehr an die zurückliegenden grauenvollen 30er und 40er Jahre erinnert werden und waren in ihrer vielen Arbeit völlig gefangen.

Der Lebensmittelpunkt für uns Jugendliche war derzeit die Schule, wo man versuchte, uns zu motivieren, und das hat auch geklappt, da das Leben auf dem Land kaum Reize hatte. Heute freue ich mich, dass zwei meiner Großkinder die gleiche Schule besuchen wie ich damals.

Das alltägliche Miteinander war durch die Vergangenheit sehr belastet, das Familienleben kühl und frostig. Darum schreibe ich im Stil der damals üblichen zwischenmenschlichen Kommunikation: KURZ UND KNAPP, Gefühle und Emotionen werden nicht erwähnt, sie spielten in den Familien und in der Gesellschaft der ausgehenden 50er Jahre keine grosse Rolle. Meine Erlebnisse dieser Zeit passe ich der Sprache einer 14- bis 15-jährigen auf dem Land an mit meiner Erzählung:

DIE LEIDEN DES ALTEN SOZI
NIEDERSACHSEN

1889   1933   1960

Dezember 1959

Es poltert, ich erwache, böse Träume von viel Blut. Ach ja, heute wird ein Schwein geschlachtet. Schlimmer Tag, jedoch wird die gute Wurst lecker sein am Abend.

Ich hoffe, den Unannehmlichkeiten aus dem Wege gehen zu können. Doch leider der Ruf der Mutter: »Helfen kommen, du hast noch 2 Stunden Zeit, bis dein Bus fährt!« – Pech gehabt!

Der Hausschlachter, mein Onkel, ist schon da, das arme Schwein wird aus seinem warmen Stroh geholt; ganz ruhig wird das Tier mit dem Fuß an ein kleines Seil gebunden, mit einem Getreidebrei auf die Scheune gelockt, dann ein kräftiger Betäubungsstoß, sofort der tödliche Stich. Der Mann versteht sein Handwerk, punktgenau getroffen! Leider muss ich zuschauen. Fachmännisch hat der Schlachter ein Messer in den Hals des bedauernswerten Geschöpfes gestoßen und das Blut schießt aus dem Tier in eine große Steingutschale, die meine Mutter gebracht hat.

»Du musst jetzt das Blut rühren!« »Gibt es einen großen Holzlöffel?«

»Das wird nichts mit einem Löffel, das macht man nur mit der nackten Hand, tauch sie in das Blut und rühre kräftig, damit es nicht gerinnt und es nachher eine gute Rotwurst abgibt!«

Gehorsam, wie ich derzeit immer war, lasse ich meine nackte Hand in das frische Schweineblut eintauchen, drehe mich angewidert zur Seite und rühre wie wild, damit keine Beschwerden kommen. Leider habe ich einige Spritzer ins Gesicht abbekommen, und das am frühen Morgen vor der Schule, mir wird schlecht! Die eine Hand ist eiskalt von minus 15 Grad und die andere steckt in der warmen, roten Brühe! Mein ganzer Körper ist am Zittern vor Ekel und Kälte.

»Ich falle gleich in Ohnmacht, jetzt gehe ich!«

»Das geht aber nicht, wer heute Abend ein gutes Wurstbrot essen will, muss auch etwas dafür tun, auch wenn du keine Rotwurst essen magst!«

Danach wird das arme Schwein in einen großen Trog gehievt und massenweise mit kochendem Wasser abgebrüht, mit metallenen Schröpfen abgeschabt und anschließend an einem großen Haken an der Wand hochgezogen.

Die Gesellschaft trinkt erst einmal einen »Hardenberger« Doppelkorn (der mit dem Keilerkopf), ohne das Gesöff geht es wohl nicht.

Als der Schlachter dann beginnt, den Bauch des Tieres aufzubrechen und die warmen, dampfenden Gedärme, Innereien und auch tierische Exkremente auf den Boden fallen, ergreife ich die Flucht: »Ich muss aufs Klo!«

In der damaligen Zeit regelrecht ein KLO! Ein kleiner Bretterverschlag, gleich neben dem Vieh im Stall, eine übel stinkende Kloake!

Im günstigen Augenblick stehle ich mich heimlich fort, reinige meine Bluthände, lasse ein paar eiskalte Wasserrinnsale aus einem Krug in eine Schale und dann über Hände und Gesicht laufen, putze notdürftig meine Zähne und richte die zerzausten Haare.

Ich schütte aus einer großen Kaffeekanne einen Muckefuck (Gerstenkaffe) mit etwas Milch in eine große Tasse und stürze alles hinein, schlinge ein Butterbrot hinunter und freue mich auf die Schule – dem Horror hier kann ich entkommen. Heute nur meine Lieblingsfächer: Englisch, Geschichte, Geographie und Französisch – GOTT SEI DANK SCHULE!!!! (Ganz anders als heute)

Ich ging sehr gern in die Schule, für mich war sie alleinige Informationsquelle, Fernseher gab es auf dem Land noch nicht, wir besaßen nur einen alten »Volksempfänger«(ein altes Radio), den nur mein Vater in Gang bekommen konnte.

Am Nachmittag habe ich noch Chor-AG, es werden Weihnachtslieder für ein Konzert eingeübt, also treffe ich erst sehr spät wieder daheim ein, dann wird die ganze Schweinerei wohl vorbei sein. Zu früh gefreut.

Die Eltern haben viel Arbeit mit dem Füttern und Melken der Kühe und der Versorgung der Schweine, den Pferden und den Hühnern. Mich erwarten gleich viele Aufträge, als ich am Nachmittag wieder zu Haus ankomme.

»Die Schlachtemollen, Geräte und Maschinen müssen abgewaschen werden, mach das mal schnell!«

»Ich mache das«, bin ja gehorsam.

»Und dann den großen Tisch im Wohnzimmer decken, nimm das größte weiße Tischtuch aus dem Schrank und decke für 18 Personen, wir erwarten Tanten, Onkel, Opa und Oma zum Abendbrot, sie wollen die Wurst probieren. Mach aber alles schön ordentlich, erst die große Damastdecke, dann die guten Goldrandteller aus dem Wohnzimmerschrank, die Silberbestecke, das Messer rechts mit der Schneide nach innen und die

Gabel links! Für jeden dann noch ein Bier- und ein Schnapsglas!«

»Und wann mache ich meine Hausaufgaben?« Immer die gleiche Antwort :«Das kannst du noch heute Abend!«

Daraus wurde jedoch an diesem Abend nichts, und das kam so:

Das Schlachtessen verlief wie in jedem Jahr, die Wurst, das gekochte Fleisch und das frische Gehackte (Mettgut) wurden sehr gelobt, man langte kräftig zu beim Essen und auch beim Trinken des guten HÄRKE-Bieres und des HARDENBERGERS. Den Ehefrauen wurde das dann etwas zu viel und sie begaben sich auf den kurzen Weg nach Haus in ihr warmes Bett.

Nach dem Genuss von einigen Gläschen aus der Flasche »MIT DEM KEILERKOPF« wurden die eigentlich so harten Männer ziemlich sentimental und weich und fingen an, sich über ihre Mütter zu unterhalten, die mittlerweile alle – Gott hab sie selig – im Himmel seien. Die Männer sprachen davon, wie herzensgut ihre jeweiligen Mütter in ihrer Kindheit gewesen seien.

Da ich noch meine Hausaufgaben zu erledigen hatte und mich die Unterhaltung zu sehr langweilte, zog ich mich zurück. Ich hörte nur noch, dass einige der ehrbaren Männer meinen Opa anprahlten, sie hätten allesamt eine gute Mutter gehabt, jedoch er könne nie eine gute Mutter gehabt haben!

Es wurde immer lauter und man fing an zu schimpfen. Laut krachte eine Tür zu und mein Opa verließ fluchtartig das Haus, um nach Haus zu gelangen. Ich lauschte an der Tür. –

Drinnen lautes Gelächter und jemand sagte auf Niedersachsen-Platt: » Datt Schipp mott aba mächtich jeschaukelt häbben!« (Das Schiff muss aber sehr geschaukelt haben!)

Ein anderer meinte: »Watt billet hai sik bluß in, düsse ulle Bastard?« (Was bildet er sich bloß ein, dieser alte Bastard)

»Ick glübe sugar, sin Vader hat ane Klapperslange duatebätten!« (Ich glaube sogar, seinen Vater hat eine Klapperschlange tot gebissen)

Was soll das denn? Gut, dass Opa das alles nicht mehr gehört hat!

Beim Einschlafen gingen mir diese Pöbeleien nicht mehr aus dem Kopf. Am nächsten Morgen fragte ich mal bei den Eltern nach.

»Das iss nix for dick« (Das ist nichts für dich). Na gut, mag sein, frage ich mal nach, wenn sie besser gelaunt sind und auch mehr Zeit haben!

»Aber mal etwas Anderes – bald ist Weihnachten und ich wünsche mir ein Karl-May-Buch!«

»Dü brükest kaane Beuker mihr, dü hast jenäch Scholbeuker, wu de harinkeiken kannst!« (Du brauchst keine weiteren Bücher, du hast genug Schulbücher, in die du hinein-einschauen kannst.)

Bis Weihnachten bekam ich nie eine Antwort, was das schaukelnde Schiff und die Bezeichnung »Opa als Bastard« auf sich hatte.

Am 22. Dezember trug man mir auf, zu meinen Grosseltern zu gehen und sie zum Heiligen Abend einzuladen. Wieder gehorchte ich und ging los und trug meinen Grosseltern die Einladung vor. Meine Oma willigte gleich ein und Opa fragte, wer denn noch da sei. Ich antwortete nur, dass die Eltern, meine Schwestern und ich dabei seien, keine weiteren Personen. Na, dann wolle er wohl kommen!

Am Heiligabend ging es erst in die Kirche und dann die Bescherung. Mein gewünschtes Buch gab es nicht. ... Jedoch eine grüne Hose und eine grüne Jacke, war beides schön und habe es jeden Tag getragen, da es auch meine einzigen Sachen waren, sodass ich ab sofort in der Schule nur noch »Laubfrosch« genannt wurde.

Meine Familie hat den Heiligen Abend genossen, Opa sang mit großer Freude alle Weihnachtslieder, obwohl viele meinten, er hätte es mit der Kirche nicht so sehr, wohl aber mit Jesus. Als ich ihm eine Frage zu seinem Verhältnis zu Jesus stellte, meinte er zu mir: »Mäken, düsse Jesus was aaner vonne ihrlichsten Sozialisten ut de ganze Weltgeschichte, nen bederen gift et nich!« (Mädchen, für mich war dieser Jesus einer der ehrlichsten Sozialisten der ganzen Weltgeschichte, es gibt keinen besseren.)

Opa hat mir das Buch »Im Westen nichts Neues« von E.M. Remarque geschenkt.

Da er gegen seinen Willen in den 1. Weltkrieg eingezogen wurde und viel Schreckliches an der Westfront erlebt hatte, lag es ihm sehr am Herzen, der jungen Generation etwas von diesen furchtbaren Erlebnissen zu vermitteln. Obwohl ich derzeit lieber ein Karl – May- Buch gehabt hätte, freute ich mich sehr! Niemand außer Opa hat 1959 in unserem Kaff dieses Buch verschenkt, glaube ich!

Nun nahte der Jahreswechsel und ich hoffte, irgendwann Antworten zu dem schaukelnden Schiff zu bekommen. Mal sehen, vielleicht ist es Silvester günstig, diese Frage zu stellen.

Am Silvesterabend trafen Freunde meiner Eltern ein, alle ortsansässig. Es wurde gut gegessen und wahrscheinlich auch ein Gläschen Wein getrunken und ich hoffte, dann mal meine Frage stellen zu können. Wir Kinder (meine jüngeren Schwestern und ich) mussten nach oben in die Schlafzimmer, ins Bett. Um Mitternacht wurde ich wach von einem kleinen Knall. Ob das wohl ein Sektkorken war? Meine Schwestern schliefen fest und ich begab mich nach unten, um zu lauschen ...

Was ich drinnen hörte, war für mich sehr aufschlussreich, Unterhaltung nur auf Platt-Deutsch!

Ja, nach dem letzten Schlachtfest hätte doch die »Älteste« (ICH) an der Tür gelauscht und etwas von dem schaukelnden Schiff und der Bastardgeburt mitbekommen! Ja, die Urgroßmutter sei doch 1886 nach Amerika aufgebrochen und habe dort einen Tierfänger, der Wildtiere für Zoos nach Europa importiert hätte, kennengelernt , auf der Rückreise 1889 wäre dann auf dem Schiff ein Kind gezeugt worden (mein Opa), eine sehr peinliche Geschichte, auch noch beim Lauschen Silvester 1959, es wurde nie darüber gesprochen, wahrscheinlich auch nur jetzt, nach dem Genuss von einigen Gläsern Sekt. Nun brauchte ich vorläufig nicht mehr zu fragen, man muss nur des Öfteren heimlich an den Türen lauschen, dann bekommt man mehr mit, als wenn man Fragen stellt, die dann doch nicht beantwortet werden.

Die Silvesterfeier war vorüber, nun erwarteten wir Jugendliche viel Neues für die 1960er Jahre, die nun beginnen sollten.

1960

Zum Auftakt gab es kurz nach dem Jahreswechsel erst einmal recht viel Arbeit auf den Bauernhöfen. Das Getreide, das im vergangenen Sommer nur abgemäht und danach in Bunden bis in den Winter hinein in unserer riesigen Scheune zwischengelagert wurde, musste nun erst einmal ausgedroschen werden. Dazu wurden mehrere Helfer bestellt, die große, alte Dreschmaschine aus der Scheune geholt und den ganzen Tag über lief dann diese alte Höllenmaschine, die zugleich noch riesige Staubwolken erzeugte. Ich hatte einzuspringen, wo immer eine Arbeitskraft fehlte. Meine Mutter hatte morgens die Milchkühe zu melken, beim Dreschvorgang zu helfen und für eine Riesengesellschaft ein schmackhaftes Mittagessen zuzubereiten.

Am Schwersten von allen tätigen Kreaturen dieses Dreschtages hatte es unser guter Hund. Da es der letzte Dreschtag in diesem Winter war, sprangen aus den allerletzten Schichten viele Ratten heraus, die unser lieber »Terry« alle töten wollte.

Er schnappte bei jedem Nagetier zu, schüttelte es kräftig, dass das Genick brach und stürzte sich auf das nächste Tier. Alle Ratten wurden auf einen großen Haufen geworfen und die alten Männer machten sich nachher daran, sie durchzuzählen. Es waren 36 Stück, die Zahl habe ich bis heute nicht vergessen. Einige waren dem guten Hund jedoch entwischt.

Als die schwere Arbeit verrichtet war, legte man sich nach einer wohlschmeckenden Mahlzeit am späten Abend total erschöpft in sein Bett. Nachts erwachte ich plötzlich von einem lauten Poltern auf dem oberen Hausflur. Mein Vater war aus seinem Bett gesprungen und hatte mehrere Ratten auf dem Vorraum zu unseren Schlafzimmern erwischt, sie lagen am Morgen totgeschlagen vor unseren Zimmertüren. Nun wollten wir auch wissen, wie sie in das Wohnhaus gelangt waren. Als die Nager weggeräumt waren, fingen meine Mutter und ich an, den Durchschlupf zu suchen. Hinter unserer riesigen, bunt bemalten Eichentruhe von 1676 fanden wir ein großes Loch, wo sich das Ungeziefer hindurchgenagt hatte, das sofort mit Mörtel verschlossen wurde. Der Ekel bei uns Kindern blieb jedoch und wir hatten immer wieder Angst, auf solche Viecher zu treffen. So hatte ich nun die ganzen Ferien über zu »funktionieren«, was ich auch immer gehorsam verrichtete. Endlich waren die Weihnachtsferien vorbei !!!

Nach dem alltäglichen Morgengebet in der ersten Schulstunde im neuen Jahr, als ich eine sehr »einsilbige« Antwort auf eine Frage im Deutschunterricht gab, sagte mein Lehrer vor der ganzen Klasse zu mir: »Astrid, deine Aussage hier ist mir eigentlich zu einfach, liegt das daran, dass deine Eltern nur PLATT mit dir sprechen?« (Plattdeutsch war in der etwas gebildeten Gesellschaft derzeit sehr verpönt, während man das heute sogar wieder in den Schulen lehrt)

»ÄHHHH, nein, meine Familie spricht kein Plattdeutsch,« stammelte ich, die ganze Klasse lachte mich aus, ich hatte einen knallroten Kopf und ich schämte mich in Grund und Boden.

»Na ja, dann kann ich dir wohl auch nicht weiterhelfen,« war dann seine Antwort im Deutschunterricht.

Anfang März wurde nochmals ein Schwein geschlachtet, wieder die gleiche Prozedur, nur an diesem Morgen konnte ich mich vor der Schule auf ein richtiges WC setzen, an einem Waschbecken mit fließendem Wasser die Zähne putzen und die Frisur vor einem Badezimmer-Spiegel richten, der Fortschritt hatte bei uns Einzug gehalten, im Februar 1960 hatten Installateure ein Badezimmer mit beheizbarem Holzofen für das warme Wasser eingebaut, welch eine Wohltat am Morgen!

Heute wurden ganz viele Mettwürste herge-stellt und zwei große Schweineschinken in eine riesige Wanne aus Steingut gelegt und mit ca. 10 kg Salz eingerieben. Darin mussten sie 6 Wochen liegen und täglich gewendet werden, danach ließ man sie an der kalten, frischen Au-ßenluft für einige Wochen trocknen und man hatte dann den ganzen Sommer hindurch den guten schmackhaften Schinken, den man erst anschneiden durfte, wenn der erste Kuckuck gerufen hatte. Ab Anfang Mai in jedem Jahr lauschten wir alle gespannt, wer ihn zuerst hören konnte. Die vielen dicken Mettwürste wurden geräuchert und danach in einer kühlen, dunklen Kammer getrocknet, somit waren auch sie lange haltbar.

Zum Schlachtessen mit den lieben Gästen kam mein Opa am Abend jedoch nicht, es hieß, er habe eine Erkältung ...«Er ist doch aber so robust, dass er niemals erkältet ist!».. Alle Anderen waren jedoch anwesend, alles Bauersleute aus unserem Ort und ein Landwirt aus einer Nachbargemeinde des Hildesheimer Landes, so verlief die Unterhaltung nur auf der Ebene der Landwirtschaft. Man sprach davon, dass doch nun, in den beginnenden Sechziger Jahren, die Traktoren und auch die neuen Mähdrescher Einzug in die Dörfer halten würden. Für diese großen Maschinen bräuchte man aber eigentlich mehr Land zum Bewirtschaften.

Ja damals, am Ende der Dreißiger Jahre, da hätte er, der Hildesheimer, eigentlich »Siedeln« wollen, DORT wäre das Ackerland jedoch nicht so fruchtbar wie hier in der guten Hildesheimer Börde mit den besten Ackerböden Deutschlands, aber DORT hätte man Bauernhöfe mit der zehnfachen Größe besiedeln können. Ich fragte mich nur: Wo ist denn DORT und welches SIEDELN? Als ich diese Frage dann auch laut stellte, meint er, im OSTEN! Ich sagte nur, das sei doch kein SIEDELN, im OSTEN hätten doch derzeit schon Menschen gelebt, »siedeln« täte man, wo noch niemand leben würde.

Der Bauer aus der guten Börde wollte nichts begreifen und ich hörte nicht auf und meinte zu ihm: »Vor 1000 Jahren hat man dort wahrhaftig gesiedelt und missioniert und dem Adalbert von Prag haben die ansässigen Pruzzen zum Dank dafür in den Sümpfen bei Danzig den Schädel eingeschlagen, diesen Stoff haben wir gerade im Geschichtsunterricht. Mein Opa hat mir außerdem erzählt, dass ihr damals ein anderes Siedeln gemeint habt, nämlich das von BLUT UND BODEN für das VOLK OHNE RAUM!« (Was das bedeuten sollte, wusste ich derzeit jedoch nicht)

Heute knallte ICH die Tür, raus war ich, von drinnen: »Dü ulle freche Göre, man schülle dik über datt Knei leggen!«(Du alte, freche Göre, man sollte dich übers Knie legen!)

Und gelauscht habe ich dann doch wieder! Man meinte zu meinem Vater, das hätte er nun davon, sich die Tochter eines SOZI, eines Proleten, zur Ehefrau zu nehmen und man müsse dem Großvater verbieten, mir solches Gedankengut zu vermitteln.

Nach diesem widerlichen Schlachtessen wollte ich aber nun aber mal etwas erleben! Es war Samstag und ich ging ins Kino, DIE HALBSTARKEN (mit Horst Buchholz und Karin Baal als Hauptdarsteller) sollte gezeigt werden. Jawohl, es gab damals Kinos auf dem Lande! Dieser Film war ein Kultfilm für uns Jugendliche in den kleinen Dörfern, was bekamen wir schon mit von der großen, weiten Welt! Das einzige, was mich etwas weiter brachte, war die Schule, ein Buch zum Lesen oder ein Kinobesuch. Jedenfalls wollte JE-DER von uns diesen Film sehen, für die konservative erwachsene Dorfbevölkerung galt der Film jedoch als abartig schlimm.

Wir waren schon sehr spät in der Zeit, als meine Freundin Paula und ich noch eine Karte an der Abendkasse ergattern konnten. Ich hörte nur noch: »Heute nicht DIE HALBSTARKEN, sondern der FAUST- Film mit Gustav Gründgens«, na ja, auch gut! Wir hatten einen sehr intellektuellen Kinobesitzer, der immer ein anspruchsvolles Programm zeigte.

Schnell huschten wir auf unsere Plätze, die Wochenschau war leider schon vorbei und der FAUST begann gerade, eine Inszenierung aus dem Hamburger Schauspielhaus.

Für mich mit derzeit 13 Jahren war das eigentlich kein Ersatz für die HALBSTARKEN!

Im Dunkel hatten wir uns zu unseren nummerierten Plätzen geschlichen und setzten uns. Ich schaue zur Seite, und, wer sitzt denn genau neben mir? Krank bist du aber nicht, mein Opa! »Wenn das nur gut geht,« denke ich, als DER TRAGÖDIE ERSTER TEIL, für mich in doppelter Hinsicht, auch schon begann.

Neben mir eine Stimme, die auswendig den Faust mitspricht, peinlich, mein Opa:

»Habe nun, ach! Philosophie,
Juristerei und Medizin,
Und leider auch Theologie
Durchaus studiert, mit heißem Bemühn,
Da steh' ich nun, ich armer Thor,
Und bin so klug als wie zuvor!« ...

Opa, sei bitte leise, der arme Thor bin ich hier zur Zeit, wir blamieren uns, vor allem ich und auch du als armer, alter, senil gewordener ehemaliger Hüttenarbeiter, doch trotz meines unausgesprochenen innerlichen Flehens hört Opa nicht mehr auf!

Es geht weiter mit:

»Die Botschaft hör ich wohl,
Allein mir fehlt der Glaube.«

Zwischendurch: »Heinrich, mir graut vor Dir!«

Die Gretchenfrage und des« Pudels Kern« natürlich auch laut durchs ganze Kino, die Zuschauer drehten sich jeweils zu uns um.

Meine Paula schaute mich nur an und verdrehte ihre Augen. Wann kann ich hier raus, es ist total peinlich, denke ich.

Endlich hat alles ein Ende, Opa erhebt sich: »Na, Mäken, dat was tä schine, dat wei heier tähupe sätten hät!« (Na, Mädchen, das war zu schön, dass wir hier zusammen sitzen konnten!) Welch ein glücklicher Zufall für mich!

»Ja, Opa, schön war es, du kannst wohl fast den ganzen Faust auswendig? Dass du viel liest, weiß ich ja.«

»DIE HALBSTARKEN« konnten wir dann eine Woche später sehen, es waren aber nur Jugendliche im Kino.

Anfang April sollten dann die Zuckerrüben

in die Erde. Am Nachmittag, als ich aus der Schule kam, hieß es, dass ich mit meinem Fahrrad zum Acker kommen sollte und dann stundenlang hinter der alten Drillmaschine, gezogen von unseren beiden Ackerpferden, hinterherlaufen musste, um aufzupassen, ob auch alles vorschriftsmäßig aus den einzelnen Säscharen in die schnurgeraden Reihen lief.

Nachdem die Rüben dann gekeimt hatten und aufgelaufen waren, wurden alle Familienmitglieder, von der Oma bis zum Schulkind, mit einer geschärften Hacke in der Breite von ca. 23 cm bewaffnet und es hieß, die kleinen Pflänzchen auf diesen Abstand zu reduzieren. Als es nach tagelanger Arbeit geschafft war, krabbelte die ganze Gesellschaft dann viele weitere Arbeitstage die endlosen Reihen rauf und runter, nun durfte nur noch jeweils eine kleine Zuckerrübe stehen bleiben. Diesen Vorgang nannte man »Rüben-Verziehen«. Am Abend schmerzten uns allen die Knie von den harten Erdklumpen und am nächsten Tag ging die ganze »Plackerei« weiter.

Diese Arbeiten gibt es heute, Gott sei Dank,

nicht mehr, es wird alles mit speziell gezüchtetem Saatgut und einem hochentwickelten Maschinensystem erledigt.

Irgendwann gab es mal wieder etwas Freizeit und ich wollte meine Freundin Lisa besuchen. Nachdem ich bei ihr angekommen war, fuhr plötzlich ein Polizeiwagen vor, hielt vor dem Haus an und ein Polizist stürmte in ihr Haus mit der Frage: »Wo ist die Wohnung von Familie Meier?« Ihr Großvater zeigte ihnen den Raum und der Beamte polterte hinein, durchsuchte die Wohnung und, so schnell wie er gekommen war, raste er mit der »Grünen Minna«, so bezeichneten wir damals die Polizeiwagen, wieder davon.

Lisa's Opa prahlte ihm noch nach: »Ikk her jüch doch all immer eseggt, jai härrt all vor fofftaan Jahrn kumen schülln! (Ich habe euch doch schon immer gesagt, ihr hättet schon vor fünfzehn Jahren kommen sollen!)

Der Großvater meiner Freundin erzählte uns, dass der Beamte die Anweisung hätte, den Meier zu suchen, der an der Ermordung eines

17-jährigen Jungen beteiligt gewesen sein soll, Sohn einer Kaufmannsfamilie in unserer Kreisstadt, vor ungefähr 20 Jahren. Seine arme Ehefrau hätte jedoch nichts damit zu tun, der Meier hätte sich schon vor vielen Jahren aus dem Staub gemacht, gleich nach Kriegsende sei die Familie aus dem zerbombten Braunschweig zugezogen und der Beamte sei schon einige Male, ohne Erfolg zu haben, bei ihnen aufgetaucht.

Nun wollte ich aber schnell nach Haus und fragen, ob meine Eltern auch vor ca. 20 Jahren von dem Mord gehört hätten. Natürlich bekam ich keine Antwort.

»Da schasste man din Grussvadder fragen, damidde kennt sik de olle Sozi sicker üüt! (Da frag man mal deinen Großvater, damit kennt sich der alte Sozi sicherlich gut aus)

Meine Mutter sagte nur: »Ja, der Vater des jungen Mannes hatte ein Konfektionsgeschäft in unserer Kreisstadt, in den 1930er Jahren. Frag mal deine Grosseltern, ich habe jetzt viel zu tun und die können dir das auch besser erzählen als wir.« Ich glaube, sie wollte auch nichts sagen.

Am nächsten Tag, gleich nach der Schule, hatte ich vor, mich auf den Weg zu meinen Grosseltern zu machen, musste jedoch erst noch viel zu Haus zu erledigen. Es waren viele Helfer zum Mittagessen in der großen Küche gewesen und das Geschirr stand für mich zum Abwasch bergeweise dort, wie fast an jedem Nachmittag. Geschirrspüler gab es noch lange nicht und ich hatte massenweise Arbeit, bis alles halbwegs beseitigt war, danach vom heißen Sodawasser aufgeweichte, brennende Hände. »Und dann noch den Fußboden in der Küche schrubben!« prahlte man.

Als ich bei meinen Grosseltern angekommen war, stellte ich gleich die Frage nach dieser schlimmen Angelegenheit. Ja, das sei eine böse Geschichte. In der Nacht vom 9. auf den 10. November 1938, der sogenannten Reichskristallnacht, seien Nazi-Banden in das Geschäftshaus einer jüdischen Familie in unserer Kreisstadt eingedrungen und hätten alles zerschlagen. Als der 17-jährige Sohn seinen Eltern beistehen wollte, nahm man ihn kurzerhand mit und übergab ihm dem Amtsrichter der Stadt. Dieser verweigerte sich den SS-Leuten jedoch. Er nahm keinen Jungen in Gewahrsam, der seinen Eltern zu Hilfe kam. Kurzerhand nahmen die Schergen den armen Jugendlichen mit, rasten mit ihm zur Synagoge, schossen auf ihn im Innenraum und brannten dann das Gebäude mit ihm darin nieder.

Die Eltern waren danach gebrochene Leute. Der Amtsrichter in der Stadt soll sich am nächsten Tag furchtbare Vorwürfe gemacht haben, dass er den Jungen nicht festgenommen hatte, dann hätte der 17-Jährige erst einmal überlebt. Der Vater konnte sein Textilgeschäft nicht mehr weiter führen, er zog fortan mit einem Bauchladen über die Dörfer und ging nur zu den Menschen, von denen er wusste, dass sie es mit ihm gut meinten. Meine Grosseltern kauften oft bei ihm und wenn sie kein Geld hatten, bezahlten sie mit Kartoffeln, Obst und Gemüse, oder man einigte sich auf eine spätere Bezahlung, er war ein sehr guter Mensch, meinten meine Grosseltern, leider sei aber die ganze Familie im KZ umgekommen.

Diese böse Geschichte und noch viele andere Geschehnisse in unserer Region sind heute allgemein bekannt, es wird in unserer hiesigen Zeitung häufig, oft zu den Jahrestagen der Reichskristallnacht, berichtet, ICH hatte derzeit KEINE AHNUNG. Im Jahre 2006 wurden der jüdischen Kaufmannsfamilie zum Gedenken Stolpersteine in unserer Kreisstadt vom Künstler G. Demmich verlegt.

»Nun weiß ich ganz genau, was da gestern mit der Polizei war, ich würde gern noch mehr von Euch hören von damals, aber jetzt muss ich ganz schnell nach Haus, meine Hausaufgaben warten noch, es ist ja auch schon spät!«

»Ja, komm nur und frag!« Dann bin ich auch schon wieder auf meinem Heimweg.

Ich ging nach Haus, erledigte die Hausaufgaben und freute mich auf mein Bett, ich wollte noch ein wenig lesen, ein Karl-May-Buch hatte ich mir von einer Freundin geliehen, die fast alle Bücher des Autors von ihren Eltern geschenkt bekommen hatte. Meine Mutter war dagegen, »Wildwest-Romane« sollte ich nach ihrer Meinung nicht lesen. Ich musste heimlich lesen. Fernseher gab es damals noch nicht, alle Informationen, die ich einholen konnte, waren Bücher und der Schulunterricht. Zu Haus gab es nur Kuhmist, Hühnerdreck, ... jedoch immer sehr gutes Essen. Als Heranwachsender hatte man aber ganz andere Interessen.

Endlich waren meine Schwestern eingeschlafen, ich nahm eine Taschenlampe unter die Bettdecke und den »Schatz im Silbersee«.

Plötzlich stand meine Mutter in unserem Zimmer und schimpfte: »Du mit deiner ewigen Leserei, du hättest noch Holz und Kohlen für unseren Ofen hereinholen können, morgen früh, wenn wir das Feuer anzünden wollen, ist es draußen kalt, kannst du nicht mal etwas vorsorgen? Diese Wildwestromane sind sowieso nichts für dich, könntest mehr im Haushalt tun, wenn du stattdessen helfen würdest, wäre das viel besser!«

»Das Buch habe ich mir von Anne geliehen, sie hat viele Karl-May-Bücher von ihren Eltern zu Weihnachten bekommen und der Vater ist doch unser Hausarzt, ihr müsstet doch wissen, dass er seiner geliebten Tochter keine Wildwest-Romane schenken würde, ihr habt überhaupt keine Ahnung! Außerdem mache ich schon so viel für euch, was soll ich denn noch alles tun? Nächste Woche gehe ich wieder zu Anne, sie hat außerdem Elvis-Platten bekommen, niemand ist so hinterwäldlerisch wie ihr!« schimpfte ich.

»Räuberpistolengeschichten und Hottentottenmusik, das verdirbt die Jugend,« war ihre Antwort und, so schnell, wie sie gekommen war, verschwand sie wieder.

Anne hatte außer ihren Karl-May-Büchern noch die tollsten Platten von E. Presley, ich besaß so etwas nicht. Für mich hatte sie, als ich dort ankam, ein ganz besonderes Geschenk: Sie übergab mir einen Elvis aus Papier in Lebensgröße. Ich war vielleicht stolz, als ihn mit nach Haus nehmen konnte! Sofort befestigte ich die Figur neben meinem Bett.

36

Mein von mit vergötterter Rockstar überlebte nur 2 Tage, dann hatten meine Eltern den geliebten, hüftschwingenden Elvis von der Wand gerissen, er lag total zerkleinert da!

»Verfall von Anstand und Moral«, war ihre Beurteilung. »Sä watt nich in üsen Hüse!« (So etwas nicht in unserem Haus!) Ich weinte fürchterlich.

Am nächsten Tag, als ich wieder etwas Zeit hatte, ging ich wieder zu meinen Grosseltern, da ich noch vieles von ihnen wissen wollte. Ich fragte nochmal, warum denn so etwas vor ca. 20 Jahren passieren konnte, das wäre doch ein Mord gewesen.

Man antwortete mir, dass es nicht nur diesen einen Mord an der jüdischen Bevölkerung gegeben hätte. Sie wollten mir heute von den ersten Anfängen der NSDAP in unserem Ort berichten. Als im März 1933 die Wahlen gewesen seien, hätten viele der Arbeiter im Ort die Sozialdemokraten gewählt, jedoch wären die Stimmen für die SPD überhaupt nicht in den Wahlergebnissen erschienen.

(Das kann man noch heute, 2017, im Internet nachlesen, zu den Wahlergebnissen von 1933 stehen für unseren Landkreis bei der SPD nur Fragezeichen.)

Mein Opa, sein Bruder und noch einige andere Gefolgsleute machten sich am Wahlabend im März 1933 auf den Weg in die Gaststätte, wo die Wahlen stattgefunden haben. In unserem Ort gab es derzeit schon viele Parteimitglieder der ersten Stunde. Man fragte die Bonzen nach den untergegangenen Stimmen. Die Antwort war, man hätte keine Stimmen für die Sozialdemokraten gefunden. Den Bruder meines Opa's, der von guten Freunden wusste, dass sie allesamt die SPD gewählt hatten und er sich damit nicht zufrieden gab, warfen sie kurzerhand die hohe Treppe vom Saal hinunter, dass er sich 2 Rippen dabei brach, ab sofort hatte er große Angst um seine Familie und sich.

Am gleichen späten Abend im März 1933 polterte jemand an die Haustür meiner Grosseltern mit einem großen Pappkarton unter dem Arm, in dem er Parteifahnen, Wimpel und auch Parteibücher hatte. Meine Grosseltern kannten ihn als SPD-Mitglied des Nachbarortes und gewährten ihm Einlass.

Er war total am Ende. Gleich am Wahlabend hatten die Nazis den Sozialdemokratischen Gemeindevorsteher unserer Nachbargemeinde in seinem Haus überrumpeln wollen. In seiner Not flüchtete dieser in die oberen Räume des Hauses, wo man ihn packte und kurzerhand aus dem Fenster des zweiten Stockwerkes warf, die unten stehenden Braunhemden zerrten ihn in einen bereitstehenden Wagen, mit dem er gleich in ein Arbeitslager verfrachtet wurde. Das alles berichtete der Augenzeuge. Der Gemeindevorsteher, der sich immer für die kleinen Leute eingesetzt habe, meinte Opa, wurde wie ein Schwerverbrecher abtransportiert und in Bergen-Belsen hätte sich dann später seine Spur verloren.

Im Dezember 2008 hat der Künstler Gunter Demmich in unserer Nachbarkommune einen Stolperstein zur Erinnerung an den damaligen Gemeindevorsteher verlegt.

Als der Parteifreund aus dem Nachbarort wieder fort war, verstauten meine Grosseltern die ihnen anvertrauten Parteifahnen in einer Truhe. Dann ging mein Opa nach draußen und schleppte haufenweise alte, schwere Balken und Eisenstangen ins Haus. Meine Oma erschrak sich höllisch und fragte, was er denn damit machen wolle. Er trug alles die alte Treppe hinauf ins Obergeschoß und stapelte die Dinge unter einem Fenster, das über dem Hauseingang lag.

Die Antwort meines Grossvaters war:«Wenn düsse Bandeiten tu üsch kumet, dann kreiget se datt allet teirst up üirn detschen Kopp!» (Wenn diese Banditen zu uns kommen, dann bekommen sie das alles zuerst auf ihren dummen Kopf!)

Tatsächlich ist die ganze Familie bis zum Ende des Krieges jeden Abend mit dem Anblick der Eisenstangen, der schweren Balken und der Angst, dass der Vater auch abgeholt werden könnte, zu Bett gegangen. Gott sei Dank ist das nie geschehen.

Hier im Ort gab es nach der Machtergreifung Adolf Hitlers viele Vereine, die der Parteipropaganda wie im Rausch verfallen waren. Mein Großvater teilte seinen Kindern Verbote aus, am Vereinsleben teilzunehmen. Sie durften schon gar nicht zur HJ oder zum BDM, wo eigentlich alle jungen Leute dabei waren, auch nicht in Turn-, Schützen- oder Tanzvereine gehen, was damals das ganze dörfliche Leben umfasste. Wenn Schützenfeste waren, mussten alle zu Haus bleiben, der Umzug, dem jeder zujubelte, ging durch den Ort und die Kinder mussten das Haus hüten. So wurde die ganze Familie zu AUSSENSEITERN. Im Sommer 1940, als der Krieg schon im Gange war, zogen im Schützenfestumzug marodierende jugendliche Braunhemden in großen Gruppen am Haus meiner Grosseltern vorbei. Vor ihrem Grundstück blieben sie stehen und prahlten:

»Wer hat uns verraten?
Hermann Müller seine Sozialdemokraten!
(Mein Opa) Das wissen wir!
Was schwören wir?
Dem Führer Treue für und für!«

Die ganze Familie hatte höllische Angst, die Kinder schämten sich, nur mein Großvater nicht, er hat sich zwar über den jugendlichen Mob geärgert, eine gewisse Angst wollte er jedoch nie zugeben.

Meine Oma litt unter den Folgen dieses Ereignisses sehr, fast das ganze Dorf verachtete die Familie. Als das Schützenfest im folgenden Sommer stattfand, wollte meine Grossmutter vorbeugen, dass so etwas nicht wieder passieren sollte. Jedes Haus im Ort, an dem der Festumzug vorbeizog, wurde von den Hauseigentümern mit Hakenkreuzfähnchen geschmückt, und das wollte sie mit vorgetäuschtem Opportunismus nachahmen. Sie besorgte sich wie fast alle Bürger die gleichen Papierfähnchen und befestigte sie am Gartenzaun. Mein Opa entdeckte alles erst nach seinem Mittagsschläfchen, als alle folgsamen Mitbürger in freudiger Erwartung des Festes vor ihren Grundstücken standen. Er schimpfte fürchterlich über diesen Unsinn seiner Ehefrau, riss den Schmuck wieder ab, zerfetzte alles vor den Augen der Bevölkerung und verschwand fluchend wieder in seinem Häuschen.

Ein paar Tage später sei der Ortsbürgermeister bei ihm erschienen und habe ihm eröffnet, dass eine Verhaftung meines Opas und der Abtransport in ein Arbeitslager nur damit verhindert werden konnte, dass er, der Bürgermeister, der Partei die tapferen Taten und Einsätze des Schwiegersohnes meines Grossvaters an der Front vor die Augen geführt hätte, nur damit wäre er von der Verhaftung verschont geblieben, fortan müsse er sich nun aber zusammenreißen.

An diesem Abend bei Opa und Oma war ich sehr erschüttert und wollte schnell weg, mochte nichts mehr hören. Als ich nach oben in mein Schlafzimmer ging, hörte ich nur noch von unten: »Aber nicht wieder so lange deine Räuberpistolen lesen, du mußt morgen ganz früh aufstehen!«

Irgendwann wollte meine Oma weiter berichten. Sie begann damit, dass die Familie ihr Wohnhaus gekauft hätte, als der Familienvater noch ein geregeltes Einkommen gehabt hätte. Man war derzeit Selbstversorger, d. h. die Familie lebte aus ihrem großen Gemüsegarten, von 2 Ziegen, die täglich Milch und Butter abgaben und man fütterte jedes Jahr 2 Schweine mit Kartoffeln, Küchenabfällen und etwas Getreide, das man auf einem kleinen Acker selbst anbaute. Also hatte man in den Kriegszeiten auch immer genug zu essen. Als Deutschland nun am 1. September 1939 den 2. Weltkrieg erklärt hatte, war mein Opa als Eisenerzschmelzer im Hochofenwerk mit seiner Arbeit total im Zwiespalt, er wollte nicht mit seinem Einsatz in gewissem Zusammenhang der Kriegsrüstung dienen. Er, der er im 1. Weltkrieg hart an der Front kämpfen musste und auch schwer verwundet wurde, haderte ein paar Wochen mit seiner Entscheidung, bis er seine Arbeit entgegen dem Wunsch der restlichen Familie kündigte. Nun liefen aber die hohen Tilgungsraten für die Grundstückshypothek. Dieses Geld wurde dann ab sofort mit Gelegenheitsarbeiten in der Landwirtschaft, in der damaligen Zeit schwere, schlecht bezahlte körperliche Arbeit, verdient, es reichte jedoch nicht hin und her. Die ganze Familie, auch die Kinder, arbeiteten mit auf den Feldern, und die gesamte Gesellschaft verachtete ihn für seine Arbeitsverweigerung als FAULENZER.

Im Jahr 1940 passierte ein großes familiäres Unglück. Der Bruder meines Opa's, auch ein Sozi, derjenige, den die Nazis am Wahlabend 1933 die Treppe heruntergeworfen hatten, hatte ein einziges Kind, leicht gehbehindert, der Sohn war derzeit 20 Jahre alt. Natürlich unterlag auch er dem Reiz der Verführbarkeit wie viele andere Jugendliche und er wollte zu gern in die HJ eintreten, was die ganze Familie ihm jedoch untersagt hatte. Er bot sich dem Verein immer wieder heimlich an, jedoch die Gruppe wollte ihn nicht dort haben. Als er ihnen wieder einmal hinterherlief, beschimpften sie ihn, er möge doch als Krüppel abhauen! Als die Eltern ihn am nächsten Morgen überall suchten, fand man ihn schließlich erhängt an einem Baum am Waldrand. Die Umstände, wie es dazu gekommen war, wurden nicht geklärt.

Ich hatte heute wieder genug, es reichte mir, meine Eltern sprachen über die 30er und 40er Jahre nicht, mein Opa, der ein reines Gewissen hatte, konnte 1960 offen darüber sprechen, er schämte sich jedoch für sein Vaterland. Die Generation, der unsere Eltern angehörten, wollte aber auch nicht, dass er nun über diese Geschehnisse hier in unserem – so harmonischem Heimatort – sprach, niemand wollte etwas davon hören.

Meine Oma hatte jedoch noch ein kleines Geheimnis, was sie mir mitteilen wollte. Als die Alliierten in den ersten Apriltagen 1945 sich von Westen her unserem Ort näherten, wollten einige eingefleischten Parteibonzen unseren Ort vor den einmarschierenden Amerikanern »schützen«, glaubten vielleicht immer noch an einen »Endsieg«. Sie ordneten der Bevölkerung an, die breite Durchgangsstrasse mit Balken, Eisenbahnschwellen, alten Ackerwagen und grossen Steinen zu verbarrikadieren, um alles aufzuhalten. Als die Lage immer mehr zu eskalieren drohte, ging mein Opa beherzt auf die Menge zu und wollte der bornierten Gesellschaft die Köpfe reinwaschen. Er schaffte es, ihnen klarzumachen, dass man mit diesem Unrat keine amerikanischen Panzer aufhalten könne, mit Wahrscheinlichkeit würden die amerikanischen Soldaten mit Zerstörung oder Schlimmerem antworten. Man wurde mit recht viel Groll einsichtig, räumte nach einigem Hin und Her alles weg und die aufgebrachte Menge hisste nun gleich die weißen Fahnen, so wurde Böses verhindert.

Irgendwann freute ich mich wieder auf die Schule, wir hatten viele Gedichte auswendig zu lernen. Die Balladen, die wir liebten, z. B. »Die Kraniche des Ibykus,« welches wir liebevoll in »Die Ibiche des Kranikus« umbenannten, oder »Die Bürgschaft«, mit dem Dolch im Gewande, lernten wir fast spielend, die Handlung begeisterte uns förmlich!

Dann aber etwas ganz Anderes, ein Gedicht zur Emigrationswelle im 19. Jahrhundert:

DIE AUSWANDERER, von Ferdinand von Freiligrath

»Ich kann den Blick nicht von euch wenden,
Ich muss euch anschaun, immerdar,
Wie reicht ihr mit geschäft'gen Händen
Den Schiffern eure Habe dar.«

»Alle 11 Verse des Gedichtes bitte bis übermorgen auswendig lernen!«

Blitzartig war ich wieder bei meinen großen Fragen zu meiner Urgroßmutter, ich verfolgte den Unterricht heute nicht mehr, ich erinnerte mich wieder an meine Uroma, die ich nicht mehr kennen gelernt habe, sie war doch schon vor ca. 80 Jahren nach Amerika ausgewandert. HEUTE wollte ich es wissen, jedoch hieß es, diese Frage würde man mir später beantworten. (Ich wusste ja eigentlich schon in etwa Bescheid, aber das reichte mir alles nicht) Als Ablenkung meinten meine Großeltern, sie hätten eine ganz besondere Überraschung für mich und ich war sehr gespannt darauf.

Mein Opa fuhr mit mir in unsere Kreisstadt, die SPD und die Gewerkschaft unserer Kreisstadt hatten sich in den vergangenen Jahren wieder recht gut formiert und wir begaben uns in das Gewerkschaftshaus. Wir wurden nett empfangen und man eröffnete mir, dass ich im Sommer für 3 Wochen an einem Zeltlager der ROTEN FALKEN an der Ostsee teilnehmen könnte.

»Herr Müller, in den Zeiten des Nationalsozialismus' haben sie ihre Aufrichtigkeit und Gesinnung immer bewahrt, dafür heute, nach ca. 15 Jahren, ein kleiner Dank an ihre Familie!«

Wie war ich glücklich, 3 Wochen lang keine Arbeitsaufträge von meinen Eltern!

Vorher gab es jedoch noch viel zu tun, die Gerste wurde bei großer Hitze mit dem Selbstbinder gemäht und jede Arbeitskraft war erforderlich. Die einzelnen Bunde wurden zum Trocknen in Stiegen, jeweils 10 Stück, aufgestellt. Am Abend prickelte und juckte mir der ganze Körper, da die Gerste bekanntlich sehr lange, klebrige Grannen hat.

Diese Arbeiten erledigte meine Familie im folgenden Sommer mit einem neuen Mähdrescher der Firma CLAAS, Harsewinkel, den mein Vater zusammen mit 2 weiteren kleinen Landwirten unbedingt anschaffen wollte. Außerdem erwarb diese Gemeinschaft 3 kleiner landwirtschaftlicher Betriebe zusätzlich einen Rübenroder der Firma STOLL, ganz aus unserer Nähe, so war auch die Arbeitserleichterung bei der Zuckerrübenernte im folgenden Herbst deutlich spürbar.

Unser landwirtschaftlicher Betrieb war zwar sehr klein, aber doch wurde nun in den kommenden Wochen in meinem Umfeld viel über mich gelästert: »Ne Büerndochter na de ruten Falkens henne, wu gifft et denne säwatt!« (Eine Bauerntochter zu den Roten Falken, wo gibt es denn so etwas?)

Dazu noch Kommentare wie: »Mäken, wenne da Internaschonale middesingen schast, datt makest dü aba nich midde!«

(Mädchen, wenn du die INTERNATIONALE mitsingen sollst, das machst du aber nicht mit!)

Bald würde ich von dem ewigen Stallmief hier

erst einmal erlöst sein und am 1. August 1961 ging es dann endlich los, nach Falckenstein in der Kieler Förde, der Name passte total zu den ROTEN FALKEN (jedoch ohne »CK«)

Nach unserer Ankunft bekam jeder ein blaues Hemd und ein rotes Halstuch dazu und wir sahen damit sehr chic aus. Beim Fahnenappell jeden Morgen wurden wunderbare Wander- und Fahrtenlieder, die man in den 60er Jahren noch sang, herausgeschmettert. Da es sehr heiß war, konnte man herrlich in der Ostsee baden, wo ich mir das Schwimmen selbst beibrachte. Abends wurde sehr viel über das Tagebuch der Anne Frank gesprochen. Bis zu der Zeit hatte ich wenig Ahnung von diesem Schicksal. Danach sangen wir gemeinsam Abendlieder, die Internationale wurde aber nicht verordnet, wie mein Umfeld zu Haus befürchtet hatte, wir versuchten jedoch, sie für uns zum Spaß nachts heimlich in den Wäldern zu singen und rauchten verbotenerweise dazu Zigaretten.

Mitten in der Ferienfreizeit dann der 13. August 1961, Berliner Mauerbau, Gesprächsstoff für alle, derzeit ohne Fernsehbilder, Zeitungen gab es dort auch nicht und wir hatten nach diesem Ereignis keine Lust mehr, die Internationale zu singen. Ich beobachtete fortan nur noch die ein- und auslaufenden Schiffe in der Kieler Förde und hatte immer wieder die Reise meiner Uroma im Kopf und kam zu dem Schluss, dass daheim niemand so recht auf meine Frage antworten wollte.

Wieder zu Haus angekommen, gab es in der Schule in den nächsten Monaten gehobene Anforderungen im Deutschunterricht. In unserer Klasse hatten wir eine etwas vorlaute, frühreife Jungengruppe, das waren UNSERE HALBSTARKEN, ganz hinten auf den letzten Schulbänken, inspiriert durch unseren Kultfilm. Sie gaben sich fortwährend gelangweilt!

Etwas mehr Aufmerksamkeit jedoch beim »Sturm und Drang«, DIE RÄUBER von Friedrich. v. Schiller, mit dem Bruderzwist der Moors, der »Kanaille Franz« und dann der Überfall auf das Nonnenkloster! Nach Schulschluss zogen unsere halbstarken Bürschchen lärmend und polternd vom Schulhof, wollten wie Räuber randalieren und beschmierten mit den Zeigefingern parkende Autos mit zweideutigen Zeichen, weswegen man ihnen und den Eltern eine massive Zurechtweisung erteilte.

Danach wurden unsere allseits verehrten HALBSTARKEN ganz zahm und angepasst und wir BRAVEN vermissten die tägliche Randale im Unterricht sehr, wir langweilten uns. Mit totalem Desinteresse mussten wir uns im Deutschunterricht mit Hermann und Dorothea, der Jungfrau von Orleans, Hamlet, Maria Stuart, den Leiden des jungen Werthers und anderen Dramen auseinandersetzen. Beim Götz von Berlichingen: »Sag er ihro Majestät, er kann mich,« kam unsererseits wieder etwas Freude auf, als jedoch die Ansprüche unseres Deutschlehrers immer höher wurden und er uns mit Franz Kafka malträtierte und wir Interpretationen zum »Prozess« und zur »Verwandlung« schreiben sollten, hatten wir die Nase gestrichen voll! Unsere ganze Klasse hasste derzeit diesen

Kafka, ihn konnten wir damals überhaupt nicht an uns heranlassen.

Ich wollte endlich mehr von wirklich WAHREN Geschichten hören, nämlich von der großen Reise über den Atlantik, die meine Uroma vor 80 Jahren gemacht hatte! Da weicht auch mein Großvater immer wieder aus. Ich lasse nicht mehr locker und gebe bekannt, was ich schon heimlich gehört hatte von der unglücklichen Liebschaft. Dieses Thema war auch für sie in den 60ern noch ein großes Problem, man will nichts sagen. Bei meinen Fragen und ihrer Verlegenheit werfen sie immer wieder einen Blick auf eine alte Truhe. »Dort muss des Rätsels Lösung sein,« denke ich, »wie komme ich da ran?«

Da mein Opa in den Endfünfzigern über die SPD in den hiesigen Gemeinderat gewählt wurde und er in Parteiangelegenheiten in unserer Kreisstadt weilte und meine Oma krank war, wurde ich mit einem Korb voll Essen zu ihr geschickt, sie lag ziemlich geschwächt danieder. »Ach, Oma, ich räume mal ein wenig bei dir auf, hier liegt so viel rum!« Sie freut sich und schläft fest. Zuallererst schleiche ich mich in den Raum mit der Truhe, zwischen den alten SPD- Parteifahnen entdecke ich ein altes Bündel Briefe mit einer Samtschleife darum, die obere Adresse darauf in Sütterlinschrift! »Das muss des Rätsels Lösung sein!« denke ich und stecke das kleine Päckchen schnell unter meine Strickjacke. Wo kann ich das nur lesen? Den ganzen Tag über stehe ich unter Beobachtung meiner Mutter, ob ich nicht Zeit habe, ihr etwas zu helfen.

Heute, am Sonntag, wollte die ganze Familie ein wenig Mittagschlaf halten . Wir hatten einen sehr großen Garten mit alten Obstbäumen darin und ich verkündete, mich dort ins Gras in die Sonne zu legen, hier war ich ungestört. Ich sortierte die Inhalte der mysteriösen Briefumschläge, fast alle mit schönen alten Postwertzeichen aus New York, erst einmal dem Datum nach, was waren die alt! Der erste von April 1886, und dann alle in dieser blöden alten Schrift! Nun war ich froh, in der Grundschule noch etwas Sütterlin gelernt zu haben. Ich wollt mich hineinlesen, kaum hatte ich die vergilbten, altdeutschen Wörter entziffert, so hatte ich ihren Sinn von der Anstrengung schon wieder vergessen.

Da alles fest schlief, setzte ich mich auf mein Fahrrad und fuhr zu meiner Freundin. Sie war sehr versiert in »Sütterlin«, da sie oft Post von ihrer Tante bekam, die nur diese alte Schrift schrieb. Weil mir vieles sehr interessant erschien und ich mir all die Briefe heimlich angeeignet hatte, beschlossen Paula und ich, dass sie mir langsam daraus vorlas, und ich mir Notizen machte. Einige Briefe waren für uns so spannend, dass wir sie fast vollständig übernehmen konnten. Diese Methode war ausgezeichnet und wir freuten uns, Heimlichkeiten zu haben.

Bremen, 02. April 1886

Lieber Vater, liebe Mutter!
Heute bin ich mit der Dampfeisenbahn in Bremen angekommen. Ihr wisst ja, dass Onkel Fritz mir geraten hat, mich hier in der Stadt erst einmal anzumelden, bis ich eine Schiffspassage nach Neuyork bekomme. Ich habe mich bei der Firma Missler für eine Überfahrt nach Neuyork eintragen lassen, die Agentur wurde mir von Fahrensleuten empfohlen, die ich hier kennen gelernt habe, die Leute sind aus der Harzgegend und haben viele kleine Käfige mit bunten Kanarienvögeln darin, die wunderbar trällern, diese wollen sie in und um Neuyork verkaufen. Die lange Reise über den Atlantik haben sie schon mehrmals gemacht und mir diese Agentur in Bremen empfohlen, die wohl den niedrigsten Preis für eine Passage anbietet. So wird auch mein Reisegeld reichen, das Onkel Fritz mir geschickt hat. Ich freue mich darauf, dem lieben Onkel in seinem Hotel helfen zu können, um die Reisekosten abzuarbeiten.

Zur Zeit übernachte ich in einem der riesigen, langen Schuppen in der Nähe der Firma Missler,

Männer und Frauen getrennt und ihre Kinder, alle dichtgedrängt. Es sollen hier bald große, bessere Auswandererhallen gebaut werden. Ich konnte – Gott sei Dank- ein schmales Bettgestell ergattern, mein Bündel mit den Wertsachen habe ich jede Nacht unter meinem Kopf, mit meinem warmen Mantel decke ich mich zu.

Macht Euch keine Sorgen um mich, ich bin auf eine Reisegruppe mit guten Menschen getroffen, worüber ich mich sehr freue, wir passen alle aufeinander auf. Nun müssen wir viele Tage abwarten, bis wir Plätze zur Überfahrt bekommen.

Ich melde mich, wenn es losgehen soll,
  Eure Tochter Dorothea

Die Firma Missler in Bremen kooperierte ein paar Jahre danach mit dem NORDDEUT-SCHEN LLOYD, und die Auswanderung erfolgte dann über Bremerhaven.

Nun staunten wir, meine Freundin Paula und ich, über die Erlebnisse dieser Frau vor ca. 80 Jahren! Wir beide hatten es damals noch nicht einmal bis nach Bremen geschafft! Unsere Eltern hatten niemals Zeit und Reisen machte die Landbevölkerung nicht. Wir wollten unbedingt weiterlesen. Die nächste Nachricht war eine gemalte Ansichtskarte der Hansestadt mit dem Roland darauf.

Bremen, den 21. April 1886

Heute habe ich endlich eine Passage auf einem Postdampfer für den 27. April mit der Anker-Linie durch die Firma F. Missler bekommen, die neuen Dampfschiffe sind sehr schnell heutzutage. Ich hoffe, dass der Wetterbericht gut sein wird und die See ruhig ist. Dann schreibe ich wieder, wenn ich bei Onkel Fritz in Neuyork angekommen bin.

Eure Tochter Dorothea

Sogleich fiel uns wieder unser Gedicht von den Auswanderern ein, das wir vor einigen Monaten gelernt hatten, wir konnten es beide noch, alle elf Verse, und sprachen sie lachend herunter, ganz für uns allein, solidarisch mit meiner Uroma vor so vielen Jahren!!! Leider mußten wir dann gleich Schluss machen, unser Treffen am nächsten Tag konnten wir kaum abwarten.

Neuyork, den 10. Mai 1886

Liebe Mutter, lieber Vater!

Vor 3 Tagen bin ich in der neuen Welt in Neuyork an Land gegangen, nach einer sehr stürmischen Reise. Wir hatten Schlafplätze im Zwischendeck der 3. Klasse. Mein schmales Bettgestell, dichtgedrängt übereinander, zwischen einer Mutter mit 4 kleinen Kindern, die sich immerzu übergeben mussten, tagelang übler Gestank. Am Tag bin ich auf dem Schiff umhergegangen und konnte sogar einen Blick in den Maschinenraum mit dem Wunderwerk der neuen Dampftechnik werfen, was ein großes Erlebnis für mich war.

Gott sei Dank holte mich Onkel Fritz in CASTLE CLINTON (das ist eine alte ehemalige Festung) ab, wo alle Post- und Einwandererschiffe in Neuyork anlanden.. Vorher sind wir mit dem Dampfer an einer kleinen Insel mit Namen Bedloe's Island, mit einem riesigen Betonsockel darauf, vorbeigeschifft, auf den eine riesengroße Figur kommen soll, die dann alle Einwanderer begrüßen soll, zum Zeichen für die Freiheit, sagte der Kapitän *durch einen großen Lautsprecher. Weil Onkel Fritz sich für mich verbürgt hat, konnte ich alle Einwanderungsbedingungen schnell hinter mich bringen und bin schon hier bei ihm. Sein kleines Hotel liegt ziemlich in der Nähe der ankommenden Schiffe und so ist es hier immer überfüllt und wir haben viel zu tun mit dem Herrichten der vielen Schlafplätze. Unten im Salon wird jeden Abend viel Bier und Schnaps, den sie hier Whiskey nennen, ausgeschenkt.*

Ich muss jetzt runter in die Küche, es ist schon sehr laut da unten, ich habe viel zu tun, ich arbeite als Zimmermädchen und als Küchenhilfe, das mit dem Alkohol machen Onkel Fritz und seine Söhne, im Ausschank geht es sehr ruppig zu und Onkel Fritz meint, das wäre nichts für mich und seine Frau.

Macht euch keine Sorgen,
Eure Tochter Dorothea

»Ist sie doch schon vor 80 Jahren an der zukünftigen Freiheitsstatue entlang geschifft, und wir sitzen hier, in diesem bescheidenen Kaff,« meinte Paula, »Lies ja nicht ohne mich weiter, das machen wir zusammen, ich kann auch die Schrift viel besser lesen als Du, morgen nehmen wir uns die anderen Briefe vor. Was für Vorfahren hast du bloß, da kann man ja total neidisch werden, ich habe nur Langweiler!« Und weg war sie.

In der Schule war für diese Woche eine Radtour geplant. Unser Klassenlehrer machte uns neugierig darauf, frei nach dem Goethe-Zitat: »Warum in die Ferne schweifen, sieh, das Gute liegt so nah!« Es ging an einem heißen Spätsommertag den Burgberg in Salzgitter-Lichtenberg hinauf und wir kamen total ins Schwitzen. Am Bergfried angekommen, stiegen wir nach dem Betrachten der freigelegten Grundmauern die alte Holztreppe hinauf und staunten über die wunderbare Aussicht über die hohen Baumwipfel hinweg. Nach einem Blick in den tiefen Brunnen und den Erklärungen unseres Lehrers zu den Kämpfen unter Heinrich dem Löwen und Friedrich Barbarossa ging es in südlicher Richtung den Berg hinunter zum Schloss Oelber am Weissen Wege.

Das alte Schlößchen, teilweise im Renaissancestil, gefiel uns sehr, weil wir alle noch den kürzlich dort gedrehten Kinofilm vom »Spukschloss im Spessart« mit Lieselotte Pulver und Paul Hubschmidt im Kopf hatten und warfen auch noch einen Blick auf den privaten Tennisplatz des Wimbledon-Spielers Gottfried von Cramm.

Später waren wir so sehr überhitzt, dass alle eine Abkühlung brauchten und fanden einen kleinen Teich ganz in der Nähe des Anwesens. Unsere halbstarken Jungen breiteten eine Decke auf der angrenzenden Wiese aus und »kloppten« Skat mit unserem Klassenlehrer, der sie allesamt mit seinem klugen Kartenspiel »in den Sack« stecken konnte. Danach war ein Sprung ins kalte Wasser nötig. Alle, die mindestens das »Freischwimmerabzeichen« an ihrer Badehose vorweisen konnten, durften ins kühle Naß der tiefen Kieskuhle eintauchen.

Da ich mir das Schwimmen kürzlich selbst beigebracht hatte, konnte ich leider nicht allein im Wasser toben. Ich versicherte meinem Klassenlehrer, das Abzeichen demnächst erwerben zu wollen und schon ganz sicher sei und er erlaubte es mir großzügigerweise. Lei-

64

der passierte es dann doch, meine Beine wurden immer schwerer und in meinen Armen erstarrte alles, ich sank in die Tiefe ... Durch einen sehr beherzten Tauchgang rettete mich der Mann aus der Kieskuhle, meine Mitschüler drehten mich gleich auf den Bauch, klopften mir den Rücken und ich hustete mir das geschluckte Wasser aus meinen Bronchien, es war nochmal gut gegangen! Gedankt hat man das meinem Lebensretter, glaube ich, nie. Zu Haus angekommen, hatte ich zwar darüber berichtet, jedoch war man mit viel Arbeit so sehr beschäftigt, dass die großartige Lebensrettung im arbeitsreichen Alltagstrott gleich wieder unterging.

(Den verspäteten Dank meinerseits bekam der glorreiche Retter, glaube ich, auch erst bei einem späteren Klassentreffen; er hatte 25 Jahre auf den Dank für die großartige Tat warten müssen!)

Nach diesem turbulenten Tag konnten Paula und ich irgendwann wieder die vergilbten Briefe hervorholen, die Geschichte ging weiter.

Neuyork, den 10. Juni 1886

*L*iebe Eltern!
Ihr würdet Euch wundern, wie riesig hier die Häuser sind und dazwischen befindet sich unser Hotel, ganz in der Nähe von CLINTON CASTLE. Bei uns wohnen Menschen aus allen Ländern, ich höre viele fremde Sprachen. Einige unserer Gäste bleiben nur für ein paar Tage und andere, die keinen anderen Unterschlupf finden, bleiben auch länger. Da sie alle wenig Geld haben, sind die Räume überbelegt, in einem Bett schlafen mitunter 3 Personen, in einem Raum stehen bis zu 8 Betten, jeweils 2 übereinander. Vor den Klosetts auf den jeweiligen Etagen bilden sich am frühen Morgen lange Schlangen.

Die Männer sind oft sehr ungehalten, spielen zum Zeitvertreib Karten oder machen Wettspiele. Tagsüber gehen sie Gelegenheitsarbeiten nach und abends wird der Verdienst oft wieder verprasst. Es werden unten auch Boxkämpfe mit vorherigen Wetten auf die Sieger ausgetragen. Wenn sie zu viel Bier oder Whiskey getrunken haben, geht es so laut her, dass Onkel Fritz und seine Söhne oft

Streit schlichten müssen und ihnen drohen, sie alle vor die Tür zu setzen. Erst dann gibt es Ruhe. Am schlimmsten sind die Iren, das sind raue, kraftstrotzende Burschen mit wenig Respekt.

Zufällig hatten wir hier wieder die deutsche Vogelhändlergruppe aus der Harzgegend, die ich schon in Bremen kennen gelernt hatte. Die Kanarienvögel haben sie zu ihrer Tierhandlung auf dem Broadway, eine der größten Strassen hier, gebracht, wo sie an die Bevölkerung verkauft werden. Sie haben sich ein paar Tage im Hotel erholt und sind schon wieder auf der Heimreise, da die Dampfschiffe zurück ja fast immer leer sind. Das waren alles sehr liebe Gäste und Onkel Fritz meinte, von der Sorte hätte er gern mehr und sie sollten nächstes Mal, wenn sie demnächst mit ihren Kanarienvögeln aus Deutschland kämen, wieder bei ihm wohnen.

Diese Zeilen habe ich am frühen Morgen geschrieben, ich muß nun Frühstück für viele anders sprechende hungrige Mäuler machen, einige Brocken der englischen Sprache habe ich schon aufgeschnappt. Onkel Fritz meinte, man müsse sich nur eine heiße Kartoffel in den Mund nehmen und *dazu unser Plattdeutsch, das mit der englischen Sprache ginge dann fast von allein!*

Ihr seht, es geht mir sehr gut hier!

Eure Dorothea

»Oft hat sie aber nicht an die Eltern geschrieben«, meinte Paula, »die nächste Post ist von Ende September, eine Ansichtskarte aus New York!« Wir sehen darauf ein weißes, riesiges Gebäude, darunter steht »The New York Hippodrome/Madison Square Garden.«

New York, den 25. September 1886

Liebe Eltern!

Heute schicke ich Euch eine Karte von einem großen Gebäude, wie Ihr sehen könnt. Früher war das eine große Wartehalle für eine Eisenbahnlinie, heute macht ein reicher Mann namens Barnum hier Riesengeschäfte mit Zirkusvorstellungen mit Artisten und Tieren und großen Musikkapellen, und ich durfte alles erleben. Einer der netten deutschen Gäste mit den Kanarienvögeln aus dem Harz hat mich dazu eingeladen, und der Onkel hat es mir erlaubt. Morgen muß ich dafür dann wieder länger in der Küche stehen, aber es hat sich gelohnt, die Vorstellung war ganz phantastisch!

Eure Dorothea

»Ich kann es nicht fassen,« meinte Paula, »Wir haben hier nur Kuhdreck und Schweinemist, kommen wir da auch mal hin? Das Entziffern dieser alten Dinger ist ja nicht einfach, aber ich habe noch nie so interessante Briefe gelesen, meine Tante schreibt immer nur aus Bad Harzburg!« Danach war Schluss, wir wollten nicht entdeckt werden.

Und wieder einmal hatten uns im Deutsch-Unterricht die Klassiker im Griff, Wilhelm Tell, von Friedrich v. Schiller, Begeisterung auch auf den hinteren Bänken, wie zuvor bei den allseits geliebten Räubern kam nun eine gewisse Stimmung von totalem Freiheits-kampf auf. In den Pausen spielten wir den Rütlischwur nach und unsere HALBSTAR-KEN hätten danach am liebsten genau wie der Apfelschütze den Gessler in der HOHLEN GASSE mit der Armbrust erledigt.

Nach Abschluss der Lektüre über den Schweizer Freiheitskämpfer bemerkte un-ser Deutschpauker, dass wir im Fach GE-SCHICHTE den Absolutismus ja hinter uns gelassen hätten und nun mit der »Aufklärung« beginnen würden. Da wir in diesem Jahr fast alle unsere Konfirmation gefeiert hätten, böte es sich nun an, unseren Horizont etwas zu erweitern und er eröffnete uns, als nächstes »Nathan der Weise« in Angriff zu nehmen.

Im Geschichtsunterricht machten wir ge-schlossen begeistert mit, als wir jedoch im Deutschunterricht wenig Interesse an der

Ringparabel Lessings zeigten, geriet unser Lehrmeister in Rage und meinte mit Blick auf die hinteren Reihen, wir seien doch ziemlich grobe Holzklötze, er bemühe sich fortwährend vergeblich, uns einen glatten, geschmeidigen Schliff zu verpassen. Eine der wichtigsten Erkenntnisse, die ein junger Mensch beim Erwachsenwerden beweisen könne, sei eine gewisse Toleranz gegenüber anderer Religionen, und so hoffe auch er bei seinen Schülern auf eine Weiterentwicklung im Sinne der Aufklärung.

Bei uns stieß das auf taube Ohren, wir Jugendliche beschäftigten uns lieber mit den neuesten Kinofilmen, Paula und ich hatten dazu noch unser Geheimnis und hielten am nächsten Tag weitere schwer lesbare Schriftstücke, darunter eine alte Ansichtskarte von der Freiheitsstatue in der Hand.

New York, den 29. Oktober 1886

Liebe Eltern,

Ihr könnt Euch nicht vorstellen, was hier gestern los war, die neue, große Freiheitsstatue wurde eingeweiht! Ich hatte Euch doch schon berichtet, nun wurde die große Figur fertig gestellt und die New Yorker haben die Insel gleich in »Liberty Island« umbenannt. Ich schicke Euch demnächst eine Ansichtskarte davon, im Moment sind sie alle ausverkauft. Die riesige Statue dient ab sofort als Freiheitssymbol für alle einlaufenden Auswandererschiffe zur Begrüßung. Alles begann mit einer riesigen Parade, angeführt von Präsident Cleveland. Es ging durch die wichtigsten Stadtteile, tausende von Menschen säumten die Straßen, als lange Musikzüge mit vielen Blas- und Marschkapellen vorbeizogen.

In den nächsten Tagen wollen Tante und Onkel mit mir eine kleine Schifffahrt um die Freiheitsstatue machen, ich berichte Euch demnächst mehr davon.

Eure Dorothea

New York, den 10. November 1886

Liebe Eltern,

Für heute haben wir endlich eine Fahrt mit einem kleinen Dampfer rund um die Freiheitsstatue bekommen, dies ist die Ansichtskarte davon, die ich für Euch ergattern konnte. Auf der Rückseite dieser Karte könnt Ihr alles Wissenswerte über die größte Statue der Welt nachlesen. Auf der kleinen Nachbarinsel, Ellis Island genannt, sollen in den nächsten Jahren riesige Einwandererhallen gebaut werden. Die Dampferfahrt war ein Riesenerlebnis für mich!

Dorothea

Leider kam ein Störenfried unsere knarrende Treppe hoch und es war wieder Schluss mit dem Lesen und meine liebe Freundin mußte zurück nach Haus.

Am nächsten Samstag stand für uns beide wieder ein Kinobesuch an. Endlich kam unser ersehnter »Schatz im Silbersee« in unsere Kinos und jeder sah sich den Film an.

Unsere Generation war in den 60ern wie besessen von der ehemaligen Besatzungsmacht USA, der Rock'n Roll mit Elvis hatte das noch intensiviert und nun kamen auch noch die Karl-May-Verfilmungen mit der Verherrlichung des fernen Kontinents durch Lex Barker und Pierre Brice hinzu, wir waren alle wie im Rausch »AMERIKABESESSEN«!

»Dieser ganze Literaturquatsch hier ist uns viel zu öde, wen interessiert denn die Parabel von den drei Ringen, es muß mal wieder etwas Interessanteres passieren, spielen wir mal Winnetou,« meinten unsere allseits verehrten Chaoten auf dem Schulhof in einer Pause. Sie fühlten sich nun nicht mehr als HALBSTARKE, sondern hatten das völlige Freiheitsgefühl des WILDEN WESTENS in sich aufgenommen, wollten dasselbe auch in ihrer langweiligen Schule verbreiten.

Kinder oder Jugendliche können ja bekanntlich sehr grausam sein und so suchte man sich für den geplanten Gag auch nicht den gestrengen Deutschlehrer aus, sondern das schwächste Glied in der Kette des Lehrerkollegiums. Einer unserer Mitschüler ließ sich bereitwillig in der nächsten großen Pause vor der Religionsstunde an einen alten Kartenständer, zum Marterpfahl umfunktioniert, fesseln und knebeln. Das alles mit dem vermeintlichen Opfer daran verschwand hinter dem schweren, dicken Vorhang am Klasseneingang. Dass ein kleiner Rüpel fehlte, bemerkte der bedauernswerte Religionslehrer anfangs nicht, erst als jemand hinter dem Vorhang laut zu stöhnen anfing, wurde der arme, schwache Mann stutzig, eilte zum Vorhang, riß ihn auf und der geknebelte Bengel bekam sofort links und rechts eine Ohrfeige, dazu noch eine »6« in das Zensurenheft. Außerdem hagelte es vermehrt Eintragungen in das Klassenbuch, da der Rest der Klasse ein lautes, durchdringendes »Indianergeheul« anstimmte. Die besagte »6« bekamen gleich noch alle vermuteten Mittäter, worüber sie sich dann sehr ärgerten, das konnten sie allesamt gar nicht gebrauchen. Der geplagte arme Lehrer wusste in seiner Not keine andere Methode, die Bürschchen im Zaum zu halten, und die Gruppe beschloss, den bedauernswerten Mann abzulenken und in einem geeigneten Augenblick das Notizheft mit den »6ern« darin zu entwenden. Am Nachmittag verbrannten sie es dann feierlich auf einer angrenzenden Wiese an einem Indianer- Lagerfeuer, tanzten darum herum, versteckten die Asche an einem geheimen Ort und waren stolz auf ihre großartigen Taten.

Mit einem Donnerhall platzte am Tag darauf jedoch die Bombe und jeder hatte einzeln beim strengen Rektor vor der gesamten Lehrerversammlung zu erscheinen. Kameradschaftlich hielten alle »dicht«, man konnte niemandem den Notizheftklau nachweisen und bald verlief der Unterricht wieder in geordneten Bahnen, es wuchs Gras über die Schandtaten.

Meine beste Freundin und ich machten uns irgendwann für ein paar Stunden von zu Haus und den Geschwistern frei und widmeten uns unseren geliebten Briefen, was durchaus nicht leicht war, da wir immer viele Arbeitsaufträge zu erfüllen hatten.

New York, den 26. Februar 1887

Liebe Eltern!

Jetzt, im Winter, kommen nicht viele neue Gäste an, wir sind aber doch völlig überfüllt. Da es hier sehr kalt ist, sind die Menschen bei uns geblieben, sie wollen sich im Frühjahr eine neue Bleibe suchen. Wir haben immer voll zu tun und ich habe schon einiges in der englischen Sprache erlernt. Das geht von ganz allein, jedoch meinte man, ich hätte wohl ein Talent dafür, auch ohne die heiße Kartoffel von Onkel Fritz!

Im Moment herrscht eine lange Kälteperiode mit eisigen Schneestürmen, die heißen hier Blizzard, und das Leben auf den Straßen ist fast ganz zum Erliegen gekommen. Hier im Gebäude können wir es kaum warm bekommen. Die vielen fremden Männer halten sich unten im Ausschank auf und heizen mit Whiskey ein, darum bleiben Tante Anna und ich nur in der Küche, wo wir auch genug zu tun haben. Zwischendurch, wenn etwas Ruhe ist, nehme ich ein Wörterbuch zur Hand, und bringe mir bei, das Englische auch *schreiben zu können. Wir hoffen hier alle auf den Frühling.*

Viele Grüsse an alle, Eure Dorothea

Paula und ich waren versunken in unsere Traumwelt, schon morgens vor der ersten Schulstunde sprachen wir beide nur noch über NEW YORK; dem Schulunterricht konnten wir kaum noch folgen, wir hatten den Kopf nicht mehr frei dafür, da wir immer mehr Neuigkeiten, wenn auch sehr beschwerlich, entziffern konnten.

New York, den 20. April 1887

Liebe Mutter, lieber Vater!

Das Osterfest ist hinter uns und der Frühling hat nach dem langen Winter Einzug gehalten. Viele unserer Wintergäste sind mit der Wärme weitergereist, sie suchen sich eine neue Bleibe oder ziehen in andere Gegenden, es kommen immer wieder andere Leute an, so auch die alten Bekannten mit den bunten Vögeln aus dem Harz. Sie haben nun noch einen zusätzlichen Verdienst. Da sie ihre Heimreise zurück über den Ozean im letzten Jahr noch immer ohne weiteres Gepäck gemacht haben, nehmen sie nun in diesem Frühling auch Kleintiere und exotische Vögel von hier zurück mit nach Bremen. Es entwickelt sich ein reger Handel mit Tieren über den Atlantik.

Wie ich Euch schon mitgeteilt hatte, ist der Firmensitz hier in einer großen Strasse, die den Namen BROADWAY hat, und das Beste kommt noch: der Inhaber ist ein Mann namens RUHE aus Alfeld, ganz in der Nähe von Euch. Ich habe mir alles in der Firma am Broadway, Nr. 853, angeschaut, es gibt nebenan eine Grünanlage mit einem großen

Gehege und Vogelgittern, in denen sich die Tiere vor oder nach der langen Reise über den Atlantik erholen können.

Sie behandeln die hier eingefangenen Tiere gut, jedoch tun sie mir sehr leid, wie sie hier aus der freien Wildbahn in Tierparks oder einen Zoo in Deutschland kommen sollen. Es ist jedenfalls dort sehr interessant und ich gehe oft hin, jeden Tag entdecke ich Neues und alles ist aufregend.

Ich hoffe, es geht Euch allen gut, Eure Dorothea

New York, den 24. Juli 1887

Liebe Eltern!

Eure Tochter hat jetzt zwei Arbeitsplätze. Morgens und am Abend helfe ich der Tante und dem Onkel im Hotel und am restlichen Tag arbeite ich in der Tierhandlung LOUIS RUHE, Am Broadway No.853. Anfangs bin nur ab und zu eingesprungen, wenn jemand an der Kasse für einen deutschen Kanarienvogel bezahlen wollte. Da ich schon ziemlich gut Englisch sprechen kann und auch mit anderen Sprachen etwas zurechtkomme, hat der Herr RUHE gesagt, er könne noch eine tüchtige Hilfe im Geschäft gebrauchen. Nun arbeite ich jeden Tag mit einem jungen Mann, auch aus Alfeld, zusammen und wir sind für die langen Nachmittage ein gutes Gespann, hier sagt man dazu »TEAM«, es wird wie TIEM ausgesprochen! Ich werde gut bezahlt, meine Schiffsreise habe ich bei Onkel Fritz schon lange abgestottert und auch schon einige Ersparnisse. Tante und Onkel wollen jedoch nicht auf mich verzichten und ich will ihnen auch weiterhin helfen.

Eure Dorothea

Die ALFELDER Firma LOUIS RUHE, 853
BROADWAY, NEW YORK,

ESTABLISHED 1869, begonnen mit dem Ka-
narienvogelhandel aus dem Harz, entwickelte
sich später zur WELTWEIT GRÖSSTEN
TIERHANDLUNG mit vielen Niederlas-
sungen, man belieferte Zoos und Zirkusse in
aller Welt. Von 1931 bis 1971 waren die Nach-
fahren sogar Pächter des Zoos in Hannover.
1948 gründete die Firma den Zoo Gelsenkir-
chen. Wegen ihrer »Tierischen Vergangenheit« hat die Stadt Alfeld ein anschauliches
kleines Tiermuseum eingerichtet.

»Nun arbeitet sie auch schon am Broadway,
was soll denn nun noch Tolles kommen, mehr
geht ja wohl nicht mehr,« meinte meine Paula.

»Du musst dir doch den Broadway nicht so
wie heute vorstellen,« entgegnete ich, »Wol-
kenkratzer zum Beispiel gab es im damaligen
New York noch lange nicht!« Antwort: »Jedoch arbeitete sie in einer der bekanntesten
Strassen New Yorks!«

New York, den 20. November 1887

Liebe Eltern!

Der Winter ist früh gekommen, es wird schon wieder richtig kalt. Im Hotel ist nicht so viel zu tun, die Gäste, die wahrscheinlich alle hier überwintern wollen, versorgen sich weitgehend selbst und ich arbeite ganz viel in der Tierhandlung am Broadway und verkaufe der New Yorker Bevölkerung die Kanarienvögel, die bis in den Herbst hinein hier angeliefert wurden. Die Menschen wollen sich die kalte Jahreszeit mit dem wunderbaren Gesang der Vögelchen aufhellen, die Geschäfte laufen gut und wenn ich sie als erst kürzlich Eingewanderte im Englischen begrüße, entscheiden sie sich sofort zum Kauf. Herr Ruhe empfiehlt mich den Kunden mit: »My wonderful German Business-Lady«, das heißt so viel wie: »Meine wunderbare deutsche Geschäftsfrau!« Daran könnt Ihr sehen, die Menschen hier sind völlig unkompliziert.

Mir geht es recht gut und hoffentlich auch Euch, ich wünsche Euch schon heute ein gesegnetes

Christfest, wer weiß, wann Ihr meine Post be-
kommt.
Dorothea

»Jetzt nennt man sie schon »Business-Lady!«
war unser Kommentar.

New York, den 25. März 1888

Lieber Vater, liebe Mutter!

Der lange Winter geht dem Ende zu und wir hatten hier wieder eisige Temperaturen mit vielen Schneestürmen, dass man kaum die Häuser verlassen konnte. So konnte ich auch manchen Abend nicht mehr zurück zu Onkel Fritz und Tante Anna, das wäre zu gefährlich gewesen. Nun haben sie bald wieder viele Neuankömmlinge im Hotel und ich werde ihnen wieder helfen. Mein liebster Arbeitsplatz ist jedoch in der Tierhandlung.

In diesem Winter haben wir sogar zwei Eisbären und einen Braunbären bekommen, die für den Zoo in Hannover bestimmt sind. Den Winter haben die drei Bären in einem großen Außenkäfig fast nur schlafend verbracht. Die Angestellten der Firma Ruhe haben die richtige Pflege und Fütterung gelernt und nehmen sie, bevor es wieder warm wird, auf die Rückreise mit nach Hannover. Mir tun die großen Bären sehr Leid, da ich ja weiß, wie die Menschen auf der Schiffsreise leiden müssen, wie soll es dann den Tieren ergehen?

Viele Grüsse an alle! Eure Dorothea

Am nächsten Morgen in der Schule meinte unser Deutschlehrer zu Paula und mir, er wolle uns in der nächsten großen Pause zu einem Gespräch ins Lehrerzimmer bestellen. Wir erwarteten nichts Gutes. Als wir beide ziemlich kleinlaut an die Tür des Büros klopften, hatten wir totales Herzrasen. Er deutete freundlich an, dass wir doch Platz nehmen sollten. Er meinte, dass wir beide, Paula und ich, in der letzten Zeit nicht mehr so recht am Deutschunterricht teilnähmen, außerdem hätten einige der Lehrkräfte bemerkt, dass wir nur immer miteinander quatschen würden.

Paula funkte gleich dazwischen und meinte, das wäre nun kein Wunder, zum Beispiel diese Parabel mit den drei Ringen oder den Franz Kafka würde wohl niemanden in der Klasse interessieren, wir läsen jedenfalls lieber etwas Anderes.

»So, was lest ihr denn so?« war seine Frage.

Sofort plapperte Paula drauf los, dass wir alte Briefe auf dem Hausboden gefunden hätten, die würden jedenfalls von wahren, interessanten Geschichten handeln.

Auf seine Frage, was das denn für Geschichten seien, funkte ich schnell dazwischen und meinte, es sei uralte Feldpost eines längst verstorbenen Verwandten aus dem ersten Weltkrieg, von der Westfront geschrieben, dem Buch IM WESTEN NICHTS NEUES sehr ähnlich.

Der Deutschlehrer meinte dann unter Anderem, es sei sehr löblich, wenn mir meine Eltern ein Buch von E.M. Remarque geschenkt hätten.

»Nööö, das hat mir mein Opa geschenkt!« meinte ich darauf.

Daß mir meine Eltern eigentlich noch nie ein Buch geschenkt hatten, verschwieg ich jedoch, wollte mich ja nicht blamieren.

»Na, dann hast Du ja einen wunderbaren Großvater, wenn er Dir ein Buch von E.M. Remarque schenkt, dann spricht Dein Opa wohl auch kein Plattdeutsch?«

Paula gleich dazwischen: »Doch, der redet nur auf Platt, nur dann nicht, wenn er laut den Doktor Faust zitiert!«

»Oh«, meinte unser Deutschlehrer, »heute gibt es ja nur Überraschungen! Reißt Euch beide aber bitte in Zukunft zusammen und macht wieder so wie früher mit im Unterricht!«

Wir verabschiedeten uns höflich und mußten im Stillen lachen, wie wir es geschafft hatten, den Mann einzuwickeln! Meine vorlaute Paula jedoch hätte beinahe unser großes Geheimnis verraten.

Am Nachmittag, nachdem wir alle Arbeiten für die Eltern verrichtet hatten, gaben wir beide zu Haus kund, wir hätten für den Englischunterricht »TEAMWORK« zu verrichten. Als wir unseren Eltern erklärt hatten, was das sei, konnten wir wieder unbeobachtet unserer Lieblingslektüre nachgehen.

New York, den 4. Juli 1888

Lieber Vater, liebe Mutter,
Heute ist INDEPENDENCE DAY, amerikanischer Nationalfeiertag, die ganze Stadt ist auf den Beinen, überall große Paraden und Musikveranstaltungen, am Abend ein großes Feuerwerk. Ich habe ja schon häufig von den Vogelhändlern aus dem Leinetal berichtet und einer von ihnen hat mich heute Abend zu einer großen Tanzveranstaltung eingeladen, ich freue mich darauf. Nun muß ich noch bei der Zubereitung des Abendessens unten in der Hotelküche helfen.

Habe den Brief einen Tag liegen gelassen, wir haben bis zum frühen Morgen getanzt und ein junger Mann namens Hermann aus der Tierhandlung hat mir einen Antrag zur Heirat gemacht, ich habe sofort JA gesagt. Er ist ein lieber, netter Mensch, wir haben uns sehr gern und Herr Ruhe von der Zoohandlung möchte, dass wir beide für die nächste Zeit die Arbeit hier in der Geschäftstelle übernehmen, da er für ein paar Monate nach Alfeld zurückgeht. Ich weiß nicht, ob ich dann weiterhin auch noch im Hotel mithelfen kann, sie haben dort *aber schon weitere tüchtige Hilfen eingestellt und werden wohl ohne mich auskommen.*

Eure Dorothea

»Warum denn auch gleich verlieben?« war Paula's Kommentar. »Nun gibt es nur noch ein paar Briefe, der nächste vom 20. November, was ist da los?«

New York, den 20. November 1888

Liebe Eltern!

Ich bin ziemlich traurig, da Ihr mir gar nicht geantwortet habt, ich warte schon lange auf eine Antwort von Euch. Seid Ihr mir böse, weil ich nicht mehr beim Onkel im Hotel arbeite? Sie kommen gut ohne mich aus.

Oder liegt es daran, dass ich mich hier verlobt habe? Mein Hermann konnte ja nun nicht bei Euch um meine Hand anhalten, wir kommen im nächsten Jahr beide für ein paar Wochen zurück, dann wollen wir in Deutschland heiraten, damit Ihr und seine Eltern dabei sein können.

Ich wünsche Euch jetzt schon ein recht schönes Christfest, viele Grüße auch von meinem Hermann,

Dorothea

Auf die Landwirtschaft kamen Anfang der 60er Jahre sehr viele Erneuerungen hinzu. So hatten sich auch meine Eltern schon vor längerer Zeit eine Zugmaschine, einen kleinen grünen Trecker der Marke NORMAG aus Zorge am Südharz angeschafft, für den vielen Tierdung kam nun ein Miststreuer der Firma WELGER, Wolfenbüttel, hinzu.

Als alles noch per Hand verrichtet wurde, drückte man jedem Familienmitglied eine dreizackige Mistgabel, eine Grepe, in die Hand, mit der dann der viele Dung auf den Feldern verteilt werden mußte. Heute sollte das nun mit dem neuen Miststreuer erledigt werden. Nachdem ich aus der Schule zu Haus angekommen war, eröffnete man mir, ich könne mit meiner Schwester zu Haus bleiben und der Rest der Familie würde die Arbeit auf dem Acker mit der neuen Maschine verrichten, ich müsse nur einem Freund der Familie, einem Bauern aus dem Nachbarort, Einlass in den Viehstall geben. Wie froh war ich, dass ich mit Paula so gut wie ungestört sein konnte!

Nun rückte auch die besagte Person mit einem alten Auto und einem Anhänger an und ich sah, dass es der blöde Kerl war, der mir vor ein paar Jahren die dämliche Geschichte vom »Siedeln im Osten« aus den 40er Jahren als eine ganz wunderbare Sache anpreisen wollte, mir schwante Böses!

Er sauste auf unseren Hof, ließ ein Leiterbrett von seinem Hänger runter, stürmte in den Pferdestall und bemächtigte sich unserer Pferde Max und Moritz. Ich ging dazwischen und er prahlte mich an, dass ich dumme Göre aus dem Weg gehen solle. Es sei alles mit den Eltern abgesprochen, wir hätten einen Trekker und er solle die beiden Tiere abholen. Da sie ihm nicht folgen wollten, prügelte er sie in den Anhänger, wir beiden Mädchen schimpften auf den Kerl ein und er wurde immer ausfallender zu mir, doch er schaffte es dennoch, die Tiere in den Anhänger zu verfrachten und mitzunehmen. Wieder dieser eklige Mensch aus der guten Hildesheimer Börde, von solchen Männern hatte ich total die Nase voll. Die traurigen Pferdeaugen von Max und Moritz konnten wir so schnell nicht vergessen, jedoch fanden wir nach ein paar Tagen wieder Ablenkung in den alten Briefen.

New York, den 2. April 1889

Liebe Eltern!
Ich habe bis heute keine Antwort von Euch bekommen, darüber bin ich sehr traurig. Hermann und ich haben beschlossen, im Juli nach Haus zu kommen. Dann wollen wir bei Euch im Dorf heiraten, wir haben dann mehrere Wochen Zeit, bei Euch zu sein. Bevor jedoch die ersten Herbststürme einsetzen, müssen wir wieder zurück in New York sein, da wir danach die Geschäfte hier am Broadway für die Wintermonate übernehmen sollen. Herr Ruhe hat noch viele andere Geschäftsverbindungen zu regeln, er geht noch zusätzlich für ein paar Wochen nach Südamerika auf Tierfang. Wenn wir in der Heimat eintreffen, kann Vater gleich das Aufgebot für die Vermählung bestellen. Ich bin sehr glücklich und freue mich schon auf Euch und unsere Hochzeit bei Euch, auch wenn wir dann bald wieder nach hier aufbrechen müssen.
Viele Grüße!
Eure Tochter Dorothea

In den nächsten Wochen schien sich nun etwas Abwechslung in unserem Ort anzubahnen, die ersten italienischen Gastarbeiter für die Landwirtschaft rückten an. Da mein Vater gesundheitlich nicht die allerbeste Verfassung besaß, und es sehr viel Arbeit gab, hatte meine Familie auch einen jungen, kräftigen Italiener für ein Jahr Arbeit auf dem Bauernhof angefordert. Als ich das meinen vielen Freundinnen berichtete, waren 2 gleich »Feuer und Flamme« und wollten sich den Verschnitt eines gutaussehenden, italienischen »Amors« bei mir anschauen und verkündeten, gleich am nächsten Tag auf unserem Hof aufzutauchen.

Schon am Tag zuvor, als ich die »2 KLEINEN ITALIENER« bei uns und auf unserem Nachbarhof anrücken sah, wusste ich sofort, dass beide durchaus nicht den Vorstellungen von einem italienischen Schönling entsprachen, es waren leider zwei bedauernswerte, scheue Geschöpfe, verfrachtet in den eiskalten Norden, zu schwerer körperlicher Arbeit.

Meine beiden jungen Damen ließen jedoch nicht locker, sie meinten, dass alle Italiener gut singen könnten und bedrängten den armen jungen Mann singend und gestikulierend: »Cantare, Cantare, Amigo Italiano, ROCCO GRANATA, MARINA, MARINA, MARINA!«

Der ängstliche Jüngling aus dem Süden suchte sofort das Weite, versteckte sich und mein Vater meinte zu mir: »Mäken, sarge hille dafur, datt düsse baden verricketen Höhner heier von üsch versvinnet!« (Mädchen, sorge schnell dafür, dass diese beiden verrückten Hühner hier schnell verschwinden!)

Wir merkten dann auch bald, dass es dem jungen Mann aus dem Süden gar nicht gut ging, er hatte fortwährend starkes Heimweh nach »MIA MAMMA«, mußte einige Male ins Krankenhaus aufgrund starker Magenprobleme und sich sogar einer Operation unterziehen. Sein komplett bei uns verdientes Geld schickte er aufopfernd seiner MAMMA, alles ziemlich traurig. Nach seiner schweren Zeit hier im kalten Norden hatten wir einen regen Briefwechsel, jedoch mit ganz wenigen Worten, er schickte uns oft schöne Ansichtskarten von seiner Heimatinsel Sardinien, was ich

dann nur mit »Mille Grazie, e Molti Saluti«
beantworteten konnte.

Von der alten New Yorker Post waren nun nur
noch 2 Umschläge übrig geblieben, sollte das
schon alles sein?

New York, den 4. Mai 1889

Liebe Eltern!

Wir haben hier zur Zeit viel zu tun mit dem Verkauf der Vögel, die New Yorker sind ganz versessen darauf. Im Geschäft treffen viele hier heimische Tiere ein, die dann mit nach Europa sollen. Daß die Firma Ruhe schon Bären für den Zoo in Hannover verschifft hat, wißt Ihr ja schon von mir.

Hermann und ich versuchen, die Passagen wieder mit dem Postdampfer zu machen. Wir nehmen dann von hier noch für den Zoo in Hannover zwei Kojoten, zwei Pumas, das sind große Wildkatzen, und sogar eine Klapperschlange mit. Mir tun die Tiere zwar sehr leid, jedoch im Zoo Hannover wird es ihnen gut gehen, meint Herr Ruhe.

Das genaue Datum für die Passage wissen wir noch nicht, wir bereiten uns hier für Anfang Juli darauf vor.

Viele Grüße und bis bald! Hermann und Dorothea

98

New York, den 30.Mai 1889

Lieber Vater, liebe Mutter!
Es gilt als ziemlich sicher, dass wir für Anfang Juli eine Schiffspassage bekommen, wir sind fest dafür eingetragen. Das genaue Datum weiß man vorher nicht, sicher ist es, dass es zwischen dem 1. und dem 8. Juli sein wird, spätestens am 23. Juli werden wir dann in Bremen ankommen. Wir freuen uns auf Euch und auf unsere Hochzeit.
Viele Grüsse und bis bald!
Hermann und Dorothea

So, nun war unser großes Abenteuer vorbei, es gab keine weiteren Briefe mehr und wir waren total traurig, ich glaube, Paula verdrückte sogar ein paar Tränen. »Wenn du nicht herausbekommen solltest, wie die Sache weitergegangen ist, werde ich wahnsinnig,« meinte sie.

Der triste Alltag mit allen anfallenden Arbeiten im Haushalt und in der Landwirtschaft hatte uns wieder, wir hielten nur Ausschau nach interessanten Abwechslungen, die Schule wurde wieder zum Highlight. Ich mußte dann aber zusehen, wie die vergilbten Schriften unbeobachtet in die alte Truhe zurückgelangen konnten.

Nach längerer Zeit besuchte ich meine Großeltern wieder, schlich mich in einem geeigneten Augenblick an die alte Truhe, hob den Deckel leicht und ließ das Briefbündel wieder hineingleiten. In den nächsten Tagen haben Paula und ich nur immer gerätselt, wie die New Yorker Liebe nun weitergegangen war. Ich ahnte ja schon lange, dass alles tragisch geendet hatte. Opa mochte ich nicht fragen, denn ich hatte das Gefühl, er hätte mich durchschaut, es war mir ein wenig peinlich, ihn hintergangen zu haben.

Nach ein paar Tagen fragte er mich mit einem verschmitzten Lächeln im Gesicht, ob ich denn gar keine weiteren Fragen an ihn hätte. Ich stammelte etwas herum von früheren Zeiten, war total verlegen. Er gab mir zu verstehen, dass er wohl gemerkt hätte, dass die geliebten New Yorker Briefe für einige Wochen nicht an ihrem Platz gewesen seien. Mein Opa meinte, dass ich sicher bei unseren vielen Gesprächen mitbekommen hätte, dass er sein ganzes Leben lang ein skeptischer Mensch, manchmal auch ein regelrechter Querkopf, gewesen sei. Wie und warum das so in seinem Leben gekommen wäre, hätte ich ja nun in Erfahrung bringen können, das sei ihm sozusagen »IN DIE WIEGE« gelegt worden.

»Oder kannst du die altdeutsche Schrift etwa nicht entziffern?« Diesen Satz habe ich noch heute im Ohr. Ich hatte einen hochroten Kopf, es war mir so peinlich. Ja, nun sollte ich auch die ganze Geschichte wissen.

Die New Yorker Verlobten wären nun in Bremen angekommen, die Braut, Opa's Mutter, habe eine ganz schwierige Überfahrt gehabt, sie hätte sich konstant übergeben müssen und es zuerst auf die unruhige See geschoben, dann aber rechneten beide Brautleute hin- und her und waren sich ganz sicher, dass es an einer Schwangerschaft lag, vor einer Eheschliessung Ende des 19. Jahrhunderts eine noch größere Schande als heutzutage, 1962, immer noch.

Wieder an Land fuhr die junge Frau mit der Eisenbahn von Bremen ins Landesinnere weiter. Der Bräutigam brachte die Wildtiere aus Nordamerika mit ein paar Gehilfen nach Alfeld, während seine große Liebe erst mal allein zu ihren Eltern weiterreiste.

Zu Haus angekommen hielt das Übergeben an und Vater und Mutter wussten gleich, was los war. Nachdem der Tierhändler alle Tiere wohlbehalten bei der Firma Ruhe in Alfeld abgeliefert hatte, sei er bei seinen gutsituierten, wohlhabenden Eltern angekommen. Ein paar Tage später sollte der Brautvater nach Alfeld reisen, damit die Hochzeit abgesprochen werden konnte.

Diese Fahrt nach Alfeld war derzeit, 1889, ein langes, beschwerliches Unternehmen für einen Hochzeitswerber, meinte mein Opa, der Vater hätte sehr oft umsteigen müssen, und an jedem Bahnhof gab es auch einen Bierausschank. Also hätte der Mann, sein Großvater nämlich, sich an jedem Halt ein kräftiges Bier zur Stärkung genehmigt und kam sturzbetrunken bei der piekfeinen Alfelder

Gesellschaft an und polterte bei den Eltern des Bräutigams mit der großen Vorfreude auf die bevorstehende Hochzeit ins Haus.

Opa erzählte mir das nach diesen fast 73 Jahren aber doch etwas belustigt, jedenfalls hätte die feine Alfelder Gesellschaft ihn kurzerhand vor die Tür gesetzt, mit der Begründung, dass der eigene Sohn es wirklich nicht nötig hätte, sich aus einer solchen Trinkerfamilie eine Ehefrau zu nehmen.

Den Kindsvater bekam der Trunkenbold nicht zu Gesicht. Der Hochzeitswerber sollte noch den Ort einer Bankverbindung angeben, man wolle dafür sorgen, dass das Kind dann später sein Auskommen habe. Die Familie überwies danach einen sehr hohen Geldbetrag auf ein Konto, für das zukünftige Kind, meinen Opa, angelegt.

»So, mein Mädchen, nun weißt Du alles, bist ja auch eigentlich alt genug dafür. Meine Mutter gab mir auch noch den Vornamen meines leiblichen Vaters, jedoch hätte sie den PAPAGENO aus Alfeld nie wieder gesehen, das hatte ihr Vater mit seinen vielen Bierchen zerstört. Meine Mutter war jedoch die beste auf der ganzen Welt, die dumme Gesellschaft beim Schlachtfest deiner Eltern, die sie so schlecht gemacht haben, hat überhaupt keine Ahnung. Obwohl mir solche Personen in ihrer Beschränktheit eigentlich nur leid tun können, habe ich im Laufe meines langen Lebens leider auch oft unter der allgemeinen Verachtung, die mir aufgrund meiner unehelichen Geburt und später wegen meiner politischen Gesinnung in der Zeit des Nationalsozialismus' entgegengebracht wurde, sehr gelitten und ich habe der dafür verantwortlichen Gesellschaft oft die Stirn geboten. Du, mein Mädchen, hast es ja selbst erlebt, dass das alles noch bis heute anhält.«

Diese Worte habe ich nie vergessen, im entscheidenden Augenblick sprach er alles auf Hochdeutsch und nicht in PLATT.

Seit langer Zeit weiss ich nun, warum ich die ZAUBERFLÖTE und den Papageno so liebe, es wird an den Genen liegen.

Es dauerte ein paar Tage, bis er mir weiter berichtete. Seine Mutter hatte keine Gelegenheit mehr, zurück in die Freiheit nach New York zu gehen, die Familie machte ihr Vorschriften, die »SCHANDE« mit einer Heirat aus der Welt zu schaffen, sie wurde kurzerhand mit einem Witwer verheiratet, damit das kleinbürgerliche dörfliche Umfeld beruhigt war.

Die Briefe hatte sie ihrem Sohn gegeben, als die Zeit dafür reif war. Mein Opa gab mir dann noch zu verstehen, das sei auch der Hauptgrund, warum er sein Leben lang als eingefleischter Pazifist mit gesundem Menschenverstand immer selbstbestimmend gehandelt habe, ohne Rücksicht auf irgendeine Obrigkeit oder Staatsmacht.

Er habe sich auch nie entschließen können, die vielen Tausende von Reichsmark von dem Konto anzurühren, bis dann alles in der Weltwirtschaftskrise mit der Inflation 1929 »futsch« war. Eine Hypothek für den Kauf seines Hauses habe man dann mühsam tilgen müssen.

Meine Oma schloß die Rede meines Großvaters jeweils mit diesem Satz: »Mäken wai härrn nen slechten Varmiddach hatt, batt huide nen jüen Namiddach!« (Das bedeutet so viel wie: Mädchen, wir hatten in unserem Leben einen schlechten Vormittag, dafür aber heutzutage einen guten Nachmittag.)

Meine Mutter jedoch reagierte nicht freundlich gestimmt darauf, dass ich mir heimlich die Briefe angeeignet hatte. Sie teilte mir ein Verbot aus, nochmals in dieser Post »ohne jede Moral und Anstand«, wie sie es bezeichnete, herumzustöbern, das sei nichts für ihre 3 Töchter, bei mir könne sie das Geschehene nun nicht wieder rückgängig machen, sie werde jedoch dafür sorgen, dass dies mit meinen jüngeren Schwestern nicht mehr passieren würde, ich dürfe ihnen auch nichts davon erzählen, Geschichten von Vogelhändlern, Tierfängern und unehelichen Kindern sei ja nun nichts für ihre wohlerzogenen Töchter, sie hätte sich immer bemüht, aus uns sittsame, anständige Mädchen zu machen, das ließe sie sich nicht zerstören. (In der heutigen Zeit würde sie sicherlich anders darüber denken.)

Meine Paula, voller Neugier, wollte den Ausgang der ganzen Geschichte von mir hören, sie ahnte vielleicht, dass alles tragisch ausgegangen war. Als ich ihr haarklein berichtet hatte, brachen wir beide in Tränen aus.

»Jeden Tag habe ich mich auf weitere Neuigkeiten aus New York gefreut, auch wenn die vergilbten, alten Schriften durch die vergangenen vielen Jahre so schwer zu entziffern waren«, schluchzte sie, »und nun so etwas, warum haben die beiden denn nicht dort geheiratet, dann hätte niemand aus den total bescheuerten Familien dazwischenfunken können, warum müssen denn blöde Eltern immer das Glück ihrer Kinder zerstören? Das Leben hier ist doch öde, dort in New York war sie eine freie Lady, ganz nahe bei Liberty Island, und hier mußte sie dem alten Witwer wahrscheinlich ihr Leben lang nur die Bude sauber machen! Ich kann das alles nicht begreifen, wie konnte das Pärchen nur so bescheuert sein und hierher zurückkommen? Die arme Frau konnte doch nie wieder in ihrem Leben auch nur ein einziges Mal etwas glücklich sein!«

Wir heulten den ganzen Nachmittag, ein wenig, weil wir keine Traumbriefe mehr zu lesen hatten, jedoch mehr aus Mitgefühl zu meiner Uroma im Jahre 1889 wegen ihres zerplatzten

AMERICAN DREAM OF LIFE, CLOSE TO LIBERTY ISLAND!

Nachwort (1962)

Nachdem meine Freundin und ich uns von der großen Enttäuschung erholt hatten, wollten wir beide zum Schützenfest hier im Ort gehen. Opa war auch da, und zwar als einer der Vertreter der SPD-Fraktion des Gemeinderates. Nach der Königsproklamation fragte unser Bürgermeister meinen Opa, ob er zu den abgegebenen Volltreffern ein paar Worte sagen wolle. Man vernahm in der Menge ein leises, verächtliches Raunen, so ähnlich wie: was DER denn wohl dazu sagen könne!

Mein Großvater erhob sich und stellte nur kurz in Frage, ob er denn der geeignete Redner zu diesem Thema sei und dass er das alles eigentlich als eingefleischter Pazifist ablehne, auch wenn man nur zum Spaß auf Scheiben schießen würde, dazu fiele ihm auch nur der eine, allseits bekannte Satz ein, schon vor fast 2000 Jahren gesagt:

»Wer das Schwert nimmt, wird auch dadurch umkommen!« Das ist meine letzte Erinnerung an ihn.

Kurz darauf mussten wir unseren lieben Opa beerdigen.